Under the editorship of
George E. Smith
University of California, Santa Barbara

El hidalgo de la Mancha
Aventuras de don Quijote
by Miguel de Cervantes

A simplified version of the most important episodes

Edited by
Daniel Quilter
Indiana University, Bloomington, Indiana

HOUGHTON MIFFLIN COMPANY BOSTON
Atlanta Dallas Geneva, Illinois Hopewell, New Jersey Palo Alto

Illustrated by Sal Murdocca

Printed in U.S.A.
Library of Congress Catalog Card Number 72–11249
ISBN: 0–395–13390–4

To the Student

Do you ever dream impossible dreams? Or try to reach for an unreachable star? Well, this is the story of someone who did, an improbable knight errant in tarnished armor, a man out of place in his own time yet curiously right for all time. This is the story of don Quijote, the man from la Mancha.

You may already know a good deal about the great hidalgo de la Mancha. He has fascinated readers over the centuries, and his story has been retold countless times in books, on film, and on the stage. This book contains the major adventures of the original story. It is told in simple, straightforward Spanish but in such a way that the style and tone of the original work by Miguel de Cervantes is preserved. While Cervantes' Spanish is different from the Spanish spoken today, this book has been designed to give you a feel for how it was in his time and still permit you to increase your skill at using the Spanish of your time.

In the literature of every country, there usually is one author or one character which stands out above all others. For the Spanish language it is don Quijote. Now, of course, he belongs to the whole world. Speakers of Spanish sometimes say of someone or his ideas, "Es un don Quijote" or "Es quijotismo." We hope that after you have read this book you will know what they mean and you will also understand that while many may appear to be like him, there is only one don Quijote de la Mancha.

Most of the words which you are not likely to know at this point are explained for you in simple Spanish (and occasionally in English) on the left-hand pages facing the text. After each story segment, there is a series of questions and brief exercises, all or some of which your teacher will ask you to do. They will help you to express what you want to say about what you have read. At the end of the book there is a comprehensive Spanish-English vocabulary.

To the Teacher

It has been nearly forty years since the original edition of this reader, prepared by Professors Hymen Alpern and José Martel, first appeared under the title *Aventuras de Don Quijote,* and enthusiastic demand for the work continues, attesting not only to the timeless appeal of Cervantes' masterpiece to readers of all ages but also to the sensitive and deliberate care with which the original editors approached the text. It is, of course, an exceedingly difficult task to undertake a simplified adaptation of a work as long, complex and well-loved as the *Quijote,* and Alpern and Martel acknowledged this challenge at the outset. Their objective, to quote from their Preface to the 1935 edition, was "to give as simple and clear an idea as possible of the manner and content of the original work." Although they were forced to shorten and combine chapters and rigorously limit the number of episodes to those which they believed were most interesting and vital to the narrative, they succeeded in maintaining throughout a sense of the continuity and unity of the main outlines — the "content" — of the story. Even more remarkable, however, is the skill with which they achieved a text which remained readily accessible to students with only an elementary background in the language without sacrificing an essential faithfulness to Cervantes' style and tone — his "manner." Readers already familiar with the *Quijote* will be struck by the authenticity in both spirit and detail of many of the episodes which are re-told here.

This revised edition is presented in response to the recognized need to make the *Quijote* available in the form of a graded elementary reader which utilizes an up-to-date format reflecting the thinking and preferences of foreign language teachers today. Because of the notable excellence of the Alpern and Martel text, it serves, with only minor corrections and stylistic changes, as the basis for the present edition. The vocabulary notes, questions and exercises, on the other hand, represent a total revision and offer the following important pedagogical features:

a Vocabulary aids in the form of definitions are given opposite each page of text for words which it is believed some readers will find difficult. These definitions are in Spanish in the belief that vocabulary acquisition as well as word study — both important and potentially enjoyable activities in themselves — should be considered an integral part of an over-all learning strategy which values (and thus emphasizes) the active use of the foreign language in the classroom. Great care has been taken to use, whenever possible, easily recognized synonyms or English cognates in order to keep the vocabulary load of these definitions within the linguistic competence of the intended reader. If a reader wishes to check back on a definition, he will find in the end vocabulary, under the entry in question, a reference to the chapter in the text where the word is defined. In classes where an integrated use of these definitions does not agree with instructional objectives, students may simply refer to the comprehensive Spanish-English vocabulary at the end of the book to find the meaning of a word.

b Each chapter includes four different sets of drill activities, three of which are specifically designed to provide both an examination of the student's understanding of what he has read and an opportunity for him to react, either orally or in writing, to his experience as a reader. The first of these are groups of questions, divided to correspond to the subdivisions of the text, which ask for straightforward information about the story. Occasionally a question is included which presupposes a degree of comprehension which goes beyond surface facts, but this type of question has purposely been used very sparingly because of the simplified, incomplete nature of the text as well as the elementary language skills which are presumed of the reader. The second set of exercises are fill-in items (*Para Completar*) and require that the student complete each statement with specific information. The wording of these items is frequently paraphrased from the text to insure that the student does not fall into mechanical search-and-copy operations. Finally, there appear at the end of each chapter series of disjointed lexical items (*Oraciones Originales*) to which the student is to add whatever supplementary vocabulary he needs to produce original and meaningful statements about the text.

c In addition, each chapter offers a section of exercises on aspects of Spanish grammar, selected both because they correspond to grammatical problems actually encountered in the readings which they accompany and because they represent common sources of difficulty for speakers of English. Persistent problems such as the contrasts between *ser* and *estar, por* and *para* and the imperfect and preterit tenses are re-drilled at regular intervals throughout the book. The formats of these exercises vary of necessity according to the concepts they treat. In all cases, the vocabulary and subject matter for the sentences have been taken directly from the reading units and thus serve to reinforce at every turn, with a corresponding increase in retention, what the student derives from his reading. Not treated in these exercises are such basic points of grammar as principles of agreement and verb morphology.

A final comment remains concerning the linguistic nature of the text itself. Many readers may at first find certain features of Cervantes' language quaint and peculiar, perhaps even a bit difficult, precisely because, as was pointed out earlier, the original editors took such great pains to retain as much of Cervantes' own words and style as possible. Certain characteristics of early seventeenth-century speech remain, as a result, and must be explained.

Of these the most obvious for the modern reader is the variety of forms of address which occur in the text. Whereas modern Spanish uses two forms in the singular (*tú* and *usted*) and, depending upon the dialect, one or two in the plural (*vosotros* and *ustedes*), the language of Cervantes' day still retained, in addition, the form *vos* for second-person address. The latter, though used only when referring to a single individual, required the same plural verb form as *vosotros*. As a consequence, we find in the text three distinct ways of addressing someone in the singular: (1) *tú* (occurring with second-person singular verbs) to show intimacy or inferior social status; (2) *vuestra merced* > *usted* (with third-person singular verbs) to indicate respect or higher social status; and (3) *vos* (with second-person plural verbs) to show condescension or to affect an archaic speech assumed to have been characteristic of chivalric knights. The plural of *vuestra merced* is *vuestras mercedes* > *ustedes* (with third-person plural verbs) while the plural of both *tú* and *vos* is *vosotros* (with second-person verbs). This means that a verb form like *tenéis* can have either a singular or plural referent, depending upon whether the subject of the verb is understood to be *vos* or *vosotros*. Because subject pronouns can be deleted in Spanish, the actual form *vos* does not appear in our text but, as the contexts make abundantly clear, the construction is nonetheless wide-spread. Students must obviously learn to deal with second-person plural verb forms, including the imperatives, but since neither the questions nor the exercises require active production of these forms, a passive knowledge is all that is needed to perform satisfactorily. The forms themselves are easy to recognize because of their uniform regularity (the cue is the suffix *-is*).

Another detail of Cervantes' language — and it still holds for some dialects today — is the use of the pronoun *le,* instead of *lo,* to label an animate masculine direct object. This form consistently appears throughout our text. Since most textbooks favor *lo,* this is the pronoun which is found in the exercises. Likewise, the use of the *-se* forms of the past subjunctive predominates over the corresponding *-ra* forms, but only the latter are used in the exercises. Individual teachers and students, of course, may easily make adjustments to reflect their own preferences and speech habits.

There are other traits of Cervantes' narrative style which may have to be taken into special account, such as the frequent use of the imperfect participle (e.g., *pudiendo más su locura que otra razón alguna* and *habiendo perdido ya su juicio*) and the perfect participle (e.g., *lo cual visto por don Quijote* and *puesto su pensamiento en su señora*) to express verbal concepts which in normal speech would be formulated as subordinate clauses or even independent sentences. Readers will also find that sentences in the narrative passages, unlike the dialogues or everyday speech, tend to be long and complex, with layered clauses and stylistic devices employed for symmetry and balance. An excellent example of this phenomenon is the first sentence of the second subdivision of Chapter One, with clauses within clauses, four participial constructions, the correlative formula *tanto . . . como,* the parallel patterns *el aumento de su gloria* and *el servicio de su nación,* and the coordinate doublets *ocasiones y peligros* and *eterno renombre y fama.* These narratives, so "arty" to the modern ear, are in fact to be taken exactly as such and should not be confused by the student with the type of language he is learning in class. It should be remembered that the exercises accompanying the text are offered as a vehicle for talking about the story in contemporary, prosaic speech, so the student should not be surprised that he must often paraphrase or re-cast into everyday language the ideas he is asked to discuss from his reading. The need to distinguish between the artistic language of Cervantes, which Alpern and Martel have so skillfully preserved, and our own speech of today is imperative and really a function of reading the *Quijote.* To confuse the two is tantamount, as Cervantes himself might assert, to blurring the very distinction between art and life.

A great deal of gratitude is due to others for their valuable assistance in the preparation of this revision, especially to Dr. George E. Smith of the University of California (Santa Barbara), and to my wife Donna who came to my rescue amid her own work and studies when the time came to make final revisions and read proofs.

Table of Contents

1 Nuestro héroe *1*
2 La primera salida *11*
3 Don Quijote se hace armar caballero *19*
4 La justicia de don Quijote *27*
5 La batalla de los mercaderes *35*
6 Segunda salida: los molinos de viento *45*
7 Enseña una lección a dos frailes *55*
8 El castillo encantado *65*
9 Sancho vuela por el aire *75*
10 Don Quijote derrota dos ejércitos *85*
11 Un cuerpo muerto y un vivo combate *95*
12 Don Quijote mata a un gigante *105*
13 El caballero encantado *115*
14 Tercera salida *119*
15 Dulcinea del Toboso *127*
16 El carro de las cortes de la muerte *135*
17 El caballero del Bosque *145*
18 El caballero de los Espejos *155*
19 La aventura de los leones *163*
20 El retablo de maese Pedro *173*
21 La aventura del barco encantado *181*
22 En casa de los duques *191*
23 La aventura de los toros *199*
24 La última batalla *207*
25 Descanse en paz *215*

Vocabulario *219*

El hidalgo de la Mancha

la **Mancha** territorio árido y llano de la parte central de España
acordarse de tener memoria de, recordar
hidalgo uno que, aunque sin título de noble, se consideraba mejor que el pueblo
ama criada principal de una casa
pasaba de tenía más de
sobrina hija del hermano o de la hermana de una persona
edad número de años que uno ha vivido
delgado flaco, contrario a **gordo**
caza acción de seguir o buscar los animales salvajes para matarlos o capturarlos
libros de caballerías tipo de novela de imaginación muy popular en esta época
afición gusto o inclinación
olvidar perder la memoria de una cosa
aun inclusive
locura estado de loco o de demente

1 Nuestro héroe

I

En un lugar de la Mancha, de cuyo nombre no quiero acordarme, no hace mucho tiempo que vivía un hidalgo pobre. Tenía en su casa una ama que pasaba de cuarenta años, y una sobrina que no llegaba a los veinte. La edad de nuestro hidalgo era de cincuenta años; era fuerte, delgado, muy activo y amigo de la caza. Los momentos que no tenía nada que hacer (que eran los más del año), se dedicaba a leer libros de caballerías con tanta afición y gusto, que olvidó casi completamente el ejercicio de la caza, y aun la administración de su hacienda. Llegó a tanto su curiosidad y locura en esto, que vendió muchas tierras para comprar libros de caballerías que leer, y así llevó a su casa muchos libros de esta clase.

cura clérigo o padre de la Iglesia Católica
maese forma antigua de **maestro** que se usaba al nombrar a una persona de cierta categoría o títulos
caballero o **caballero andante** héroe de los libros de caballerías que viaja por el mundo en busca de aventuras
Palmerín de Inglaterra y **Amadís de Gaula** dos héroes muy conocidos de los libros de caballerías
semejante similar o parecido
tratar de (algo) tener como materia o hablar de. *Ejemplo:* Este libro trata de la historia de España.
personaje persona que figura en una obra literaria
lectura acción de leer o materia que se lee
así . . . como . . . expresión comparativa equivalente a **tanto . . . como . . .** *Ejemplo:* Trabaja así en casa como en la tienda.
pendencia disputa, combate, pelea
duelo combate o pelea entre dos personas
herida mal, daño o lesión producida por un ataque o un accidente
infortunio suerte adversa, desgracia
juicio sana razón
aumento acción de hacer más grande. *Ejemplo:* Necesito un aumento de salario.
hacerse (algo) transformarse en (algo). *Ejemplo:* Cervantes se hizo famoso.
ejercitarse practicar una cosa para aprenderla
deshacer hacer que una cosa ya hecha vuelva a su condición original
género tipo o clase
agravio ofensa, insulto, daño
peligro circunstancia en que uno puede sufrir algún mal, daño o desgracia
bisabuelos padres de los abuelos
celada parte de la armadura de los caballeros que defendía la cabeza
industria habilidad para hacer algo
cartón material consistente en pasta de papel de baja calidad
probar demostrar por medio de la experiencia las cualidades de algo. *Ejemplo:* Voy a probar si el agua está fría.
espada arma larga con una punta que corta o penetra
golpe encuentro violento de dos cosas
volvió a hacerla de nuevo la hizo otra vez
fortaleza cualidad de fuerte o resistente
rocín caballo de trabajo o de mala apariencia
poner nombre dar nombre
Rocinante *es decir:* **rocín** + **ante**
sobrenombre nombre de familia o apellido (significado antiguo)
añadir aumentar o dar más de algo
reino territorio que está bajo un rey
patria tierra o país nativo

Tuvo muchas disputas con el cura de su lugar, y con maese Nicolás, barbero del mismo pueblo, sobre cuál había sido mejor caballero, Palmerín de Inglaterra o Amadís de Gaula, y sobre otras cuestiones semejantes que trataban de los personajes y episodios de los libros de caballerías. Se aplicó tanto a su lectura, que pasaba todo el tiempo, día y noche, leyendo. Se llenó la cabeza de todas aquellas locuras que leía en los libros, así de encantamientos como de pendencias, batallas, duelos, heridas, amores, infortunios y absurdos imposibles. Tuvieron tal efecto sobre su imaginación que le parecían verdad todas aquellas invenciones que leía, y para él no había otra historia más cierta en el mundo.

II

Habiendo perdido ya su juicio, le pareció necesario, tanto para el aumento de su gloria como para el servicio de su nación, hacerse caballero andante, e irse por todo el mundo con sus armas y caballo a buscar aventuras, y a ejercitarse en todo aquello que había leído que los caballeros andantes se ejercitaban, deshaciendo todo género de agravio, y poniéndose en ocasiones y peligros, donde, terminándolos, adquiriría eterno renombre y fama. Lo primero que hizo fue limpiar unas armas que habían sido de sus bisabuelos. Las limpió y las reparó lo mejor que pudo; pero vio que tenían una gran falta, y era que no tenían celada; mas con su industria hizo una celada de cartón. Para probar si era fuerte, sacó su espada y le dio dos golpes con los que deshizo en un momento lo que había hecho en una semana; volvió a hacerla de nuevo, y quedó tan satisfecho de ella, que sin probar su fortaleza la consideró finísima celada.

Fue luego a ver a su rocín que le pareció el mejor caballo del mundo. Pasó cuatro días imaginando qué nombre le pondría; porque (según se decía él a sí mismo) no era justo que caballo de caballero tan famoso estuviese sin nombre conocido. Después de meditar mucho, le vino a llamar *Rocinante,* nombre en su opinión alto, sonoro, y significativo de lo que había sido cuando fue rocín, antes de lo que ahora era, que era antes y primero de todos los rocines del mundo.

III

Después de haber puesto nombre a su caballo, quiso ponérselo a sí mismo; y en este pensamiento empleó otros ocho días. Al fin se vino a llamar *don Quijote,* porque tenía el sobrenombre de Quijano. Pero acordándose de que el valeroso *Amadís* no se había contentado con llamarse sólo *Amadís,* sino que añadió el nombre de su reino y patria por hacerla famosa, y se llamó *Amadís de Gaula,* así quiso, como buen caballero, añadir al suyo el nombre de la suya, y llamarse *don Quijote de la Mancha,* con lo cual declaraba su linaje y patria, y la honraba al tomar el sobrenombre de ella.

puesto = habiendo puesto
darse a entender entender sin razón o con exageración
enamorarse de (alguien) empezar a sentir amor por (alguien)
hoja partes verdes de los árboles. *Ejemplo:* Las hojas caen en el otoño.
cuerpo parte material del hombre
alma espíritu
moza mujer joven
labrador que cultiva la tierra
jamás nunca
fuera *imperfecto de subjuntivo del verbo* **ir**
Dulcinea nombre derivado de la palabra **dulce**
Toboso pueblo de la Mancha, que está a pocos kilómetros de la carretera que va de Madrid a Alicante
demás otros

Habiendo limpiado, pues, sus armas, y puesto nombre a su rocín y a sí mismo, se dio a entender que no le faltaba otra cosa sino buscar una dama de quien enamorarse: porque el caballero andante sin amores era árbol sin hojas y sin fruto, y cuerpo sin alma.

En un lugar cerca del suyo, había una bonita moza labradora, de quien él un tiempo estuvo enamorado, aunque ella no lo supo jamás. Se llamaba Aldonza Lorenzo, y a ésta le pareció ser bien darle título de señora de sus pensamientos; y buscando nombre que fuera bien con el suyo, y que pareciera de princesa o gran señora, vino a llamarla *Dulcinea del Toboso,* porque ella era del Toboso; nombre, en su opinión, músico y raro y significativo, como todos los demás que a él y a sus cosas había puesto.

Preguntas

I

1 ¿Dónde tiene lugar la historia?
2 ¿Vive solo el hidalgo?
3 ¿Qué sabemos de las personas que viven con él?
4 ¿Qué le gusta hacer cuando no está ocupado?
5 ¿Qué amigos tiene en el pueblo?
6 ¿De qué acostumbran tener disputas?
7 ¿Cuánto tiempo pasa leyendo los libros?
8 ¿De qué tratan los libros de caballerías?

II

1 ¿Por qué quiere hacerse caballero andante el hidalgo?
2 ¿Cómo ganan fama y renombre los caballeros andantes?
3 ¿Qué hace primero en preparación para salir?
4 ¿Qué falta nota que tienen sus armas?
5 ¿Por qué no vuelve a probar segunda vez la fortaleza de la celada?
6 ¿Por qué insiste en ponerle otro nombre a su caballo?
7 ¿Qué tal le parece el nombre que escoge?
8 ¿Qué elemento irónico tiene el nombre 'Rocinante'?

III

1 ¿Cuánto tiempo emplea para inventar otro nombre para sí mismo?
2 ¿Cómo se llama el hidalgo después?
3 ¿A quién imita en todo lo que hace?
4 ¿Por qué no se contenta con llamarse solamente don Quijote?
5 ¿Qué otro nombre decide añadir a éste?
6 ¿Qué declara este otro nombre?
7 ¿Por qué se pone a buscar a una dama?
8 ¿Quién es Aldonza Lorenzo?
9 ¿Por qué tiene que darle otro nombre?
10 ¿Cómo es el nombre que decide ponerle?

Ejercicio 1

A tener + (sustantivo) + que + (infinitivo)

Usando la primera oración como modelo, haga otras oraciones con las palabras indicadas.

Ejemplo: También tenía muchos *libros* que *leer.*

1	rocín	montar
2	dama	amar
3	amigos	visitar
4	patria	honrar
5	aventura	buscar

B *Continúe el mismo ejercicio, usando cualquier infinitivo o sustantivo que le guste.*

Ejemplo: Don Quijote no tenía nada que hacer.

6	. . .	comprar
7	lectura	. . .
8	armas	. . .
9	. . .	comer
10	nombre	. . .
11	. . .	vender
12	tiempo	. . .

Ejercicio 2

Oraciones originales

1 muchas horas / leer / dedicarse / libros
2 disputas / tener / cura / barbero
3 espada / golpes / dar / celada
4 nombre / querer / patria / añadir
5 años / hidalgo / tener / cincuenta
6 encontrar / armas / ser / bisabuelos
7 Dulcinea / venir / labradora / llamar

Ejercicio 3

pasar (cierto tiempo) haciendo algo

Siga la oración modelo haciendo oraciones originales con las palabras indicadas.

Ejemplo: Don Quijote pasó cuatro días *imaginando* qué nombre poner a su rocín.

1 limpiar sus armas
2 leer las historias
3 hacer una celada
4 buscar a una dama
5 tratar de cuestiones
6 acordarse de su lectura
7 hacerse caballero andante

Ejercicio 4

El verbo *tratar* + complemento

tratar de + infinitivo
tratar (a una persona)
tratar de + sustantivo

Ejemplos: Don Quijote *trató de* fabricar una nueva celada.
Todos *trataban* muy bien a don Quijote.
Este libro *trata de* la vida de don Quijote.

Traduzcan al español las oraciones siguientes.

1 What's the book about?
2 He tried to sell his books.
3 They don't treat him well.
4 Those books deal with adventures.
5 Why doesn't he try to buy his arms?

Ejercicio 5

Para completar

1 El hidalgo era fuerte, delgado, muy activo y amigo de . . .
2 Vendió muchas tierras para comprar . . .
3 Discutía con el cura sobre cuestiones que trataban de . . . de sus libros.
4 Pasó tanto tiempo leyendo sus libros que por fin perdió . . .
5 El pobre loco quería irse por todo el mundo buscando . . .
6 El caballero tenía que ponerse en peligro para adquirir . . .
7 Después de hacer de nuevo la celada, decidió no . . .
8 Escogió el nombre Quijote porque su . . . era Quijano.
9 El caballero sin amores era árbol sin . . . y cuerpo sin . . .
10 En un pueblo cercano había una . . . de quien andaba enamorado.

salida acción de salir
caluroso que tiene o causa calor
júbilo intensa alegría
principio comienzo
apenas inmediatamente que
asaltar atacar
armar caballero (a alguien) hacer con él ciertas ceremonias para darle el título de caballero
conforme a según
ley estatuto, precepto o regla. *Ejemplo:* La ley prohibe el robo.
pudiendo más teniendo más influencia
hacerse armar caballero del primero . . . hacer que lo armara caballero el primero . . .
desesperarse perder la esperanza; *cfr.* inglés *despair*
castillo edificio fortificado para defenderse de los enemigos
pastor persona que guarda los animales domésticos
venta posada o casa que se encuentra por los caminos como un hotel
Sevilla famosa e importante ciudad que está en Andalucía al suroeste de la Mancha
arriero hombre que transporta mercancías de unos pueblos a otros en caballos o burros
así que tan pronto como
dirigirse ir en cierta dirección
detener las riendas tener tensas las riendas o cuerdas con que se guía o controla a un caballo
enano persona anormalmente pequeña, muy baja
señal signo o indicación que expresa una idea
tardarse pasar demasiado tiempo en hacer algo
caballeriza lugar donde se guardan los caballos
suceder pasar u ocurrir
porquero persona que guarda puercos; *cfr.* inglés *pork*
cuerno instrumento musical de viento
al instante inmediatamente o en seguida
venida acción de venir
extraño extraordinario
gentil noble, arrogante y de atractiva presencia
huir escaparse
vuestra merced título antiguo de cortesía
temer tener miedo
alto excelente
doncella mujer joven que no se ha casado
presencia modo excesivamente cortés de tratar o nombrar a una persona que está presente
ventero hombre que posee o es propietario de una venta
alojamiento sitio para pasar la noche; *cfr.* inglés *lodging*
hallar encontrar

2 La primera salida

I

Una mañana de uno de los días más calurosos del mes de julio, don Quijote de la Mancha se armó de todas sus armas, subió sobre Rocinante, tomó su lanza, y, por la puerta de un corral, salió al campo, con grandísimo contento y júbilo de ver con cuánta facilidad había dado principio a su buen deseo. Mas apenas se vio en el campo, cuando le asaltó un pensamiento terrible; y fue que le vino a la memoria que no era armado caballero, y que, conforme a la ley de caballería, ni podía ni debía tomar armas con ningún caballero. Este pensamiento le hizo vacilar en su intención; mas, pudiendo más su locura que otra razón alguna, decidió hacerse armar caballero del primero que encontrase, a imitación de otros muchos que así lo hicieron, según él había leído en los libros.

Casi todo aquel día caminó sin ocurrirle cosa extraordinaria, de lo cual se desesperaba. Mirando a todas partes por ver si descubriría algún castillo o alguna casa de pastores adonde retirarse, vio una venta no lejos del camino por donde iba.

Estaban a la puerta dos mujeres de la clase baja, las cuales iban a Sevilla con unos arrieros que pasaban aquella noche en la venta. Como a nuestro aventurero todo lo que pensaba, veía o imaginaba, le parecía ser hecho y pasar al modo de lo que había leído, así que vio la venta creyó que era un castillo. Se dirigió a la venta y a poca distancia detuvo las riendas a Rocinante, esperando que algún enano diese señal con alguna trompeta de que llegaba caballero al castillo. Pero como vio que se tardaban, y que Rocinante se daba prisa por llegar a la caballeriza, llegó a la puerta de la venta.

II

En esto sucedió que un porquero tocó un cuerno, a cuya señal sus puercos vienen. Al instante creyó don Quijote lo que deseaba, que era que algún enano hacía señal de su venida; y así, con extraño contento llegó a la venta y a las damas, las cuales, como vieron venir a un hombre armado de aquel modo, estaban llenas de miedo y se iban a entrar en la venta; pero don Quijote, con gentil cara y voz tranquila, les dijo: — No huyan vuestras mercedes, ni teman agravio alguno, porque en la orden de caballería que profeso, no se agravia a ninguno, especialmente a tan altas doncellas como vuestras presencias demuestran.

A aquel punto salió el ventero, hombre muy gordo y muy pacífico. Viendo aquella figura extraña le dijo: — Si vuestra merced, señor caballero, busca alojamiento sin cama (porque en esta venta no hay ninguna), todo lo demás se hallará en ella en mucha abundancia.

alcaide hombre responsable por defender o guardar un castillo
cualquier significa que se trata de un objeto indeterminado
basta es suficiente
estribo objeto donde pone una persona el pie cuando monta a un caballo
cuidado atención o consideración
mitad cada una de dos partes iguales de un todo
huésped persona que tiene alojamiento en casa de otro
casualidad coincidencia
sonar tocar (un instrumento)
silbato instrumento que produce un tono musical y que se toca expulsando el aire
castellano señor de un **castillo**
disgustar no gustar, causar molestia
encerrar poner en un sitio cerrado
rodilla parte flexible de la pierna que se dobla. *Ejemplo:* Mucha gente tiene la costumbre de ponerse de rodillas en la iglesia para rezar.
ante delante
cortesía modo formal y cortés de tratar o nombrar a una persona
redundar en resultar en
alabanza expresión entusiasta del mérito que tiene una persona o una cosa. *Ejemplo:* Los invitados hicieron grandes alabanzas de la comida especial.
género raza
rogar pedir
prometer obligarse o hacer promesa
capilla parte de una iglesia con altar
velar las armas ceremonia en que el hombre que va a ser armado caballero guarda las armas como centinela
cumplir hacer, realizar, efectuar

Viendo don Quijote la humildad del alcaide de la fortaleza (que tal le pareció a él el ventero y la venta) respondió: — Para mí, señor castellano, cualquier cosa basta.

En esto el ventero fue a tener del estribo a don Quijote, el cual desmontó con mucha dificultad y trabajo porque todo aquel día no se había desayunado. Dijo luego al ventero que tuviese mucho cuidado de su caballo porque era el mejor animal que comía pan en el mundo. Le miró el ventero y no le pareció tan bueno como don Quijote decía, ni aun la mitad. Acomodándole en la caballeriza, volvió a ver lo que su huésped mandaba.

III

Por casualidad llegó a la venta otro porquero. Así que llegó sonó su silbato cuatro o cinco veces, con lo cual le pareció cierto a don Quijote que estaba en algún famoso castillo y que le servían con música, y que las mujeres eran altas damas, y el ventero castellano del castillo; y con esto estaba contento. Lo único que le disgustaba era el no verse armado caballero, porque le parecía que no podría entrar legítimamente en aventura alguna sin recibir la orden de caballería.

Y así, perturbado de este pensamiento, llamó al ventero, y encerrándose con él en la caballeriza, se puso de rodillas ante él, diciéndole: — No me levantaré jamás de donde estoy, valeroso caballero, hasta que vuestra cortesía me haga un favor que quiero pedirle, el cual redundará en alabanza vuestra y en beneficio del género humano.

El ventero, que vio a su huésped a sus pies y oyó tales palabras, estaba confuso mirándole, sin saber qué hacer ni decir. Le rogaba que se levantase; pero no lo hizo hasta que le prometió hacerle el favor que le pedía.

— No esperaba yo menos de la gran magnificencia vuestra, señor mío — respondió don Quijote; — y así, os digo que el favor que os he pedido, y de vuestra liberalidad me ha sido concedido, es que mañana me habéis de armar caballero; y esta noche, en la capilla de este vuestro castillo, velaré las armas, y mañana, como he dicho, se cumplirá lo que tanto deseo, para poder, como se debe, ir por todas las cuatro partes del mundo buscando aventuras.

Preguntas

I

1 ¿Por qué se siente contento don Quijote al salir de casa?
2 ¿Con qué problema se encuentra casi inmediatamente?
3 ¿Por qué es importante que se vea armado caballero?
4 ¿Es significante que no le ocurre ninguna aventura el primer día?
5 ¿Cómo interpreta don Quijote la venta que descubre?
6 ¿Por qué ve él cosas que no ven otras personas?
7 ¿Qué tipo de gente encuentra en la venta?
8 ¿Por qué detiene a Rocinante antes de llegar?

II

1 ¿Quién es en verdad el enano que anuncia la llegada de don Quijote?
2 ¿Por qué le tienen miedo las mujeres que están en la venta?
3 ¿Cuál es la reacción de don Quijote a este miedo?
4 ¿Cómo es el lenguaje que usa don Quijote?
5 ¿Qué recepción le da el ventero?
6 ¿Qué significado tiene el hecho de que don Quijote desmonta de su caballo con mucha dificultad?
7 ¿Qué opiniones tienen don Quijote y el ventero de Rocinante?

III

1 ¿Qué pasa cuando llega otro porquero a la venta?
2 ¿Por qué le da esto tanto contento a don Quijote?
3 ¿Qué cosa continúa disgustándole mucho?
4 ¿Cuál es el favor que pide don Quijote al ventero?
5 ¿Por qué se siente éste muy confuso?
6 ¿Cómo le convence don Quijote a concederle este favor?
7 ¿Qué significa 'velar' las armas?
8 ¿Qué podrá hacer don Quijote una vez armado caballero?

Ejercicio 1

A Estructura reflexiva

Cambie el infinitivo al IMPERFECTO en las oraciones siguientes.

Ejemplo: La labradora (llamarse) Aldonza Lorenzo.
La labradora *se llamaba* Aldonza Lorenzo.

1 El hidalgo (encontrarse) en una venta.
2 Siempre (dedicarse) a leer muchos libros.
3 ¿En qué (ejercitarse) los caballeros andantes?
4 Muchas veces (ponerse) en peligro de perderse la vida.
5 Don Quijote (considerarse) un verdadero caballero.
6 El siempre (decirse) que así no era justo.
7 Amadís nunca (contentarse) con un solo nombre.
8 Don Quijote (desesperarse) de las pocas aventuras que encontraba.
9 Las damas (irse) a entrar en la venta.
10 Vio que Rocinante (darse) prisa por llegar.

B *Cambie el infinitivo al PRETERITO, considerando "hidalgo" como el sujeto de cada oranción.*

Ejemplo: Dice la historia que don Quijote no (desayunarse) el primer día.
Dice la historia que don Quijote no *se desayunó* el primer día.

1 El hidalgo (aplicarse) mucho a su lectura.
2 Como consecuencia (llenarse) la cabeza de todas aquellas locuras.
3 Entonces (darse) a entender que tenía que buscar una dama.
4 Después de meditar mucho (ponerse) un nombre a sí mismo.
5 En ese momento (acordarse) de una moza que vivía en el Toboso.
6 Cuando (verse) en el campo, tuvo un pensamiento terrible.
7 Antes de salir (armarse) de todas sus armas.
8 Inmediatamente (dirigirse) a la venta.
9 Llamó al ventero y (encerrarse) con él en la caballeriza.
10 Después que el ventero le concedió el favor, don Quijote (levantarse).

Ejercicio 2

Cambie al pasado todos los verbos del presente, haciendo distinción entre el imperfecto y el preterito.

Una mañana del mes de julio don Quijote se (1) *arma* de todas sus armas, (2) *sube* sobre Rocinante, (3) *toma* su lanza y, por la puerta del corral, (4) *sale* al campo, contento de ver con cuanta facilidad (5) *da* principio a su buen deseo. (6) *Hace* mucho calor y el hidalgo lo (7) *nota.* Mas apenas se (8) *ve* en el campo cuando le (9) *asalta* un pensamiento terrible; y (10) *es* que le (11) *viene* a la memoria que no (12) *es* armado caballero y que ni (13) *puede* ni (14) *debe* tomar armas con ningún caballero. Este pensamiento le (15) *hace* vacilar en su intención por un momento pero (16) *decide* seguir su camino, pues (17) *puede* hacerse armar caballero en una venta que (18) *sabe* se (19) *encuentra* un poco más adelante. En ese momento la (20) *ve* a lo lejos.

Ejercicio 3

Oraciones originales

1 puerta / campo / salir / corral
2 enano / trompeta / señal / dar
3 mujeres / clase / puerta / estar / bajo
4 creer / venta / castillo / ser
5 alojamiento / poder / ventero / ofrecer / no
6 ventero / huésped / favor / pedir
7 orden / profesar / caballero / caballería

Ejercicio 4

Para completar

1. El terrible pensamiento que tuvo don Quijote al salir de casa fue que no era . . .
2. Miró por todas partes por ver si había . . . adonde retirarse.
3. Se fue hacia la venta pero antes de llegar . . . las riendas a Rocinante.
4. Decidió no esperar mucho tiempo porque Rocinante . . . prisa por verse en la caballeriza.
5. En aquel momento un porquero . . . un cuerno.
6. Cuando el ventero explicó lo poco que tenía que ofrecer, respondió don Quijote que . . . bastaba.
7. Le fue muy difícil a don Quijote desmontar porque . . .
8. Don Quijote creyó que estaba en un castillo verdadero cuando oyó . . .
9. Le disgustaba pensar que no podía ser caballero sin recibir . . .
10. Don Quijote dijo que iba a . . . en la capilla aquella noche.

sospecha idea formada por suposición o conjeturas; *cfr.* **sospechar.** *Ejemplo:* Sospecho que está enfermo pero no estoy seguro.
acabó de creerlo terminó creyéndolo
tener que tener motivo para
seguirle el humor acomodarse al gusto de él
destruida en ruinas
dondequiera en cualquier lugar
debido necesario o lo que se debe
no pudiese ser más no pudiese haber hombre más caballero
aconsejar recomendar, dar opinión o consejo
recoger tomar o reunir cosas dispersas
pila receptáculo donde cae o se pone el agua
pozo cavidad en la tierra de donde se saca el agua
pasearse andar a pie
cerrar la noche hacerse oscuro
éste el último mencionado, es decir, **don Quijote**
alto fuerte o en voz alta
quienquiera cualquier persona
ceñir espada ponerse una espada
pago recompensa
audacia condición de intrépido o audaz; *cfr.* inglés *audacity*
atender a tomar nota de o prestar atención a
arrojar lanzar o echar con violencia, como una lanza
sí *pronombre reflexivo equivalente a* **él mismo**
puesto = habiendo puesto
socorrer ayudar, sacar a uno de un peligro
afrenta deshonor o algo ofensivo
vasallo persona sujeta a un señor a causa de un contrato; *cfr.* inglés *vassal*
ofrecer presentar; *cfr.* inglés *offer*
reposo tranquilidad
insensible que no tiene sensación
estar para estar a punto de. *Ejemplo:* Estaba para confesar toda la verdad pero no dijo nada.
hacer pedazos romper
ruido sonido fuerte y no armonioso como hace una explosión
herido persona que tiene heridas por haber sufrido golpes

3 Don Quijote se hace armar caballero

I

El ventero, que era un poco astuto, y ya tenía algunas sospechas de la falta de juicio de su huésped, acabó de creerlo cuando le oyó hablar de este modo; y por tener que reír aquella noche, decidió seguirle el humor. Le dijo que en aquel castillo no había capilla donde poder velar las armas, porque estaba destruida para hacerla de nuevo. También le dijo que, en caso de necesidad, él sabía que se podían velar dondequiera, y que aquella noche las podría velar en un patio del castillo. A la mañana se harían las debidas ceremonias, de manera que él quedase armado caballero, y tan caballero, que no pudiese ser más en el mundo. Le preguntó si traía dinero; respondió don Quijote que no, porque nunca había leído en las historias de los caballeros andantes que ninguno lo hubiese traído. A esto le dijo el ventero que era necesario, para el futuro, llevar dinero y camisas limpias. Don Quijote le prometió hacer lo que le aconsejaba. Y así, recogiendo todas sus armas, las puso sobre una pila que junto a un pozo estaba. Tomando su lanza comenzó a pasearse delante de la pila; y cuando comenzó el paseo comenzaba a cerrar la noche.

En esto, uno de los arrieros que estaban en la venta fue a dar agua a sus mulos, y fue necesario quitar las armas de don Quijote, que estaban sobre la pila. Éste, viéndole llegar, en voz alta le dijo: — ¡Oh tú, quienquiera que seas, audaz caballero, que llegas a tocar las armas del más valeroso caballero andante que jamás ciñó espada! mira lo que haces y no las toques, si no quieres dejar la vida en pago de tu audacia.

II

El arriero no atendió a lo que dijo y, recogiendo las armas, las arrojó gran distancia de sí. Lo cual visto por don Quijote, levantó los ojos al cielo, y, puesto el pensamiento (a lo que pareció) en su señora Dulcinea, dijo: — Socorredme, señora mía, en esta primera afrenta que a vuestro vasallo se le ofrece. No me falte en este primer encuentro vuestro favor y protección.

Y diciendo esto, levantó la lanza con las dos manos, y dio con ella tan gran golpe al arriero en la cabeza, que le hizo caer en el suelo. Hecho esto, recogió sus armas y volvió a pasearse con el mismo reposo que primero. Un poco después, sin saber lo que había pasado (porque todavía estaba insensible el arriero), llegó otro con la misma intención de dar agua a sus mulos. Éste estaba para quitar las armas de la pila cuando don Quijote, sin hablar palabra y sin pedir favor a nadie, levantó otra vez la lanza, y, sin hacerla pedazos, le rompió la cabeza al segundo arriero. Al ruido llegó toda la gente de la venta, y entre ellos el ventero. Los compañeros de los heridos comenzaron desde lejos

piedra pedazo o porción de roca
proteger defender o dar protección
apartar separar
pérfido traidor; *cfr.* inglés *perfidious*
amenazar comunicar a otro que quiere hacerle mal o daño
dejar de cesar, no continuar haciendo algo. *Ejemplo:* Dejaron de hablar para escuchar la música.
dejó retirar a los heridos dejó que retiraran a los heridos
vela acción de velar las armas
burla acción o palabras con que se pone en ridículo a uno
en seguida inmediatamente
desgracia mala fortuna, suerte adversa
disculpar excusar
bajo inferior o de poco prestigio
cuentas transacciones financieras
ya dicho ya mencionado
oración palabras que se pronuncian para comunicarse con Dios
cuello parte del cuerpo que sostiene la cabeza
espalda parte del cuerpo humano, el dorso
(hablar) entre dientes (hablar) tan bajo o confuso que no se entiende; *cfr.* **dentista**
afortunado que tiene buena fortuna o suerte
ensillar poner a un caballo la silla u objeto en que uno se sienta cuando monta a un caballo
abrazar encerrar a una persona con los brazos
agradecer dar las gracias por
merced favor
referir narrar o contar
fuera (*adv.*) en la parte exterior de
de buena gana con gusto

a llover piedras sobre don Quijote, el cual se protegía lo mejor que podía, y no se apartaba de la pila por no dejar las armas.

El ventero gritaba que le dejasen, porque ya les había dicho que era loco. También don Quijote daba gritos, llamándolos traidores y pérfidos y amenazándoles con toda clase de insultos. Temiéndole y atendiendo a las persuasiones del ventero, dejaron de atacarle, y él dejó retirar a los heridos, y volvió a la vela de sus armas con la misma quietud que primero.

III

No le parecieron bien al ventero las burlas de su huésped y decidió abreviar y darle la orden de caballería en seguida, antes que otra desgracia ocurriese. Así, acercándose a él, se disculpó de la insolencia que aquella gente baja había usado con él, sin que él supiese cosa alguna, pero que bien castigados quedaban de su audacia. Le dijo, como ya le había dicho, que en aquel castillo no había capilla y para lo que había que hacer no era necesaria.

El castellano trajo luego un libro, donde anotaba las cuentas con los arrieros, y con una candela que le traía un muchacho, y con las dos ya dichas doncellas, vino a donde don Quijote estaba. Le mandó ponerse de rodillas; y leyendo en su manual, como si dijese alguna devota oración, en mitad de la lectura levantó la mano, y le dio sobre el cuello un buen golpe. Después, con su misma espada le dio un gentil golpe en la espalda, siempre murmurando entre dientes, como si orara. Hecho esto, mandó a una de aquellas damas que le pusiese la espada, la cual lo hizo con mucha discreción. Al ceñirle la espada, dijo la buena señora: — Dios haga a vuestra merced muy afortunado caballero y le dé buena fortuna en los combates.

Don Quijote ensilló a Rocinante, subió en él, y abrazando a su huésped, le dijo cosas tan extrañas, agradeciéndole la merced de haberle armado caballero, que no es posible referirlas. El ventero, por verle ya fuera de la venta, respondió con no menos elocuencia, aunque con más breves palabras, y, sin pedirle la costa del alojamiento, le dejó ir de buena gana.

Preguntas

I

1 ¿Por qué sospecha el ventero que don Quijote está loco?
2 ¿Por qué le dice que ya no hay capilla en el castillo?
3 ¿Dónde podrá don Quijote velar las armas?
4 ¿Qué consejos le da el ventero?
5 ¿Qué hace don Quijote al cerrar la noche?
6 ¿Quiénes son los arrieros que están en la venta?
7 ¿Por qué se pone furioso don Quijote cuando se acerca un arriero?

II

1 ¿Cómo reacciona el arriero ante las palabras de don Quijote?
2 ¿Qué le pide éste a Dulcinea antes de atacar al arriero?
3 ¿Qué hace después del ataque?
4 ¿Qué pasa cuando llega el segundo arriero?
5 ¿Cómo responde la otra gente a lo que hace don Quijote?
6 ¿Por qué deciden dejar a don Quijote sin arrojarle más piedras?
7 ¿Cuál ha sido la reacción de don Quijote durante todo este episodio?
8 ¿Por quién tiene usted más simpatía — los arrieros maltratados o don Quijote?

III

1 ¿Por qué quiere el ventero celebrar la ceremonia en seguida?
2 ¿Por qué dice el ventero que los arrieros son insolentes y audaces?
3 ¿Cómo se arma a un caballero?
4 ¿Qué elementos burlescos se ven en la ceremonia que inventa el ventero?
5 ¿Cómo expresa don Quijote su gratitud al ventero?
6 ¿Por qué no le cobra nada el ventero a don Quijote al salir éste?
7 ¿De qué manera ha participado el ventero en el mundo imaginario de don Quijote?

Ejercicio 1

Estructura: complemento directo

Las limpió y *las* reparó lo mejor que pudo.

Cambie las oraciones siguientes según el modelo.

Ejemplo: Don Quijote limpió *las armas.*
Don Quijote *las* limpió.

1 Don Quijote vendió *sus tierras* para comprar libros.
2 Leyó *libros* todo el tiempo.
3 Pasaba *todo el tiempo* leyendo.
4 Con tanta lectura perdió *el juicio.*
5 Volvió a hacer *la celada.*
6 Quería deshacer *todo género de agravio.*
7 Decidió no probar *la fortaleza de la celada* de nuevo.
8 Un porquero guardaba *unos puercos* en el campo.
9 Necesitaba buscar *una dama.*
10 Vio a *algunas mujeres* a la puerta.
11 El ventero llevó *a Rocinante* a la caballeriza.
12 La ventera invitó *a sus huéspedes* a comer.

Ejercicio 2

Oraciones originales

1 ventero / sospechar / falta / juicio / huésped
2 tener / velar / armas / castillo / patio
3 haber / pila / junto / pozo
4 hidalgo / tratar / quitar / armas / arriero
5 muchacho / traer / candela / mano
6 dama / poner / espada / caballero
7 ventero / murmurar / dientes / durante / ceremonia

Ejercicio 3

Estructura: complemento indirecto

Cambie las oraciones siguientes según el modelo.

Ejemplo: Decidió seguir*le* el humor.
Le siguió el humor.

1 Decidió (dar*le* un golpe).
2 (poner*le* un nombre)
3 (pagar*le* el alojamiento)
4 (anotar*les* las cuentas)
5 (hacer*le* un favor)
6 (dar*les* agua)
7 (quitar*le* las armas)
8 (romper*le* la cabeza)
9 (dar*le* la orden de caballería)
10 (traer*le* una candela)

Ejercicio 4

Estructura: *lo que*

Combine las oraciones siguientes para hacer una sola oración según el modelo.

Ejemplo: El ventero aconsejaba *algo.* Don Quijote prometió hacer*lo.*
Don Quijote prometió hacer *lo que* el ventero aconsejaba.

1 El huésped mandaba algo y don Quijote volvió a verlo.
2 Don Quijote deseaba algo y el ventero lo cumplió.
3 Don Quijote quería hacer algo y lo sabía.
4 Ha pasado algo y el arriero no lo sabe.
5 Don Quijote leía algo y siempre lo recordaba.
6 Los arrieros hacían algo y don Quijote lo vio.
7 El ventero decía algo y los arrieros no lo escuchaban.
8 Don Quijote ponía algo en la pila y el arriero lo quitaba.
9 Don Quijote hacía algo y los arrieros lo vieron.
10 Don Quijote leía algo en sus libros y no lo olvidó.

Ejercicio 5

Para completar

1 El ventero dijo que en aquel castillo no había . . . donde velar las armas porque estaba destruida.
2 A esto le dijo el ventero que era necesario para el futuro llevar . . .
3 En esto uno de . . . que estaban en la venta fue a dar agua a sus mulos.
4 Sin prestar atención a don Quijote, el arriero recogió las armas y las . . . gran distancia de sí.
5 Un poco después llegó otro con la misma intención de . . . a sus mulos.
6 Sin decir palabra, don Quijote levantó otra vez la lanza y le . . . la cabeza al segundo arriero.
7 No le parecieron bien al ventero . . . de su huésped, pues no le divertían nada.
8 El castellano trajo luego un libro donde anotaba . . . con los arrieros.
9 Cuando llegó el momento de marcharse, don Quijote no pudo subir en Rocinante si no lo . . . primero.
10 El ventero decidió no pedirle . . . y así le dejó ir de buena gana.

regocijado alegre
bosque sitio donde hay árboles
quejarse lamentarse, manifestar disgusto
presto pronto
coger tomar, recoger
necesitado persona que necesita
ayuda auxilio o cooperación
encaminar poner en camino o dirigir
hacia en la dirección de
paso movimiento de los pies al andar
atar sujetar o unir con cuerda
desnudo sin ropa alguna
cobarde que no tiene valor sino miedo
oveja animal doméstico cuyo pelo se usa como materia textil
descuidado negligente
villano hombre rústico, innoble, sin educación
alumbrar iluminar o dar luz
pasar de parte a parte penetrar o atravesar de un lado a otro
réplica argumento u objeción
desatar poner en libertad lo que está atado
real antigua unidad monetaria española equivalente hoy a un cuarto de peseta o aproximadamente US$.0018
cuenta cálculos aritméticos
haber de deber
sangría operación de sacar sangre, como método curativo

4 La justicia de don Quijote

I

Don Quijote salió de la venta muy contento y regocijado por verse ya armado caballero. No había andado mucho, cuando le pareció que a su derecha salían de un bosque unas voces delicadas, como de persona que se quejaba. Apenas las hubo oído, cuando dijo: — Gracias doy al cielo por la merced que me hace, pues tan presto me pone ocasiones delante, donde yo pueda cumplir con lo que debo a mi profesión, y donde pueda coger el fruto de mis buenos deseos. Estas voces sin duda son de algún necesitado que necesita mi favor y ayuda.

Y, volviendo las riendas, encaminó a Rocinante hacia donde le pareció que las voces salían. Y a pocos pasos que entró por el bosque, vio atado un caballo a un árbol, y atado en otro a un muchacho de unos quince años, desnudo de medio cuerpo arriba, que era el que las voces daba. Y no sin causa, porque le estaba dando muchos golpes un labrador robusto.

Y viendo don Quijote lo que pasaba, con voz indignada dijo: — Descortés caballero, mal parece atacar a quien no puede defenderse. Subid sobre vuestro caballo y tomad vuestra lanza; que yo os haré saber cuán cobarde es lo que estáis haciendo.

El labrador, que vio sobre sí aquella figura llena de armas, agitando la lanza sobre su cara, respondió, lleno de terror:

— Señor caballero, este muchacho que estoy castigando, es uno de mis criados que me sirve de guardar las ovejas que tengo en estos campos. Él es tan descuidado que cada día me falta una. Y porque castigo su descuido, dice que lo hago porque no quiero pagarle el dinero que le debo; y por Dios que miente.

II

—¡No digáis "miente" delante de mí, miserable villano! — dijo don Quijote. — Por el sol que nos alumbra, voy a pasaros de parte a parte con esta lanza. Pagadle luego sin más réplica; si no, por Dios, que os destruya en este punto. Desatadlo pronto.

El labrador bajó la cabeza, y, sin responder palabra, desató a su criado, al cual preguntó don Quijote que cuánto le debía su amo.

Él dijo que nueve meses, a siete reales cada mes.

Hizo la cuenta don Quijote, y halló que eran setenta y tres reales. Le dijo al labrador que los pagase al momento si no quería morir por ello.

Respondió el temeroso villano que no eran tantos, porque se habían de descontar y recibir en cuenta tres pares de zapatos que le había dado, y un real por dos sangrías que le habían hecho estando enfermo.

matar asesinar o quitar la vida
bastar ser suficiente; *cfr.* **bastante**
con tal que con la condición de que
jurar afirmar solemnemente
asegurar dejar firme y seguro, garantizar
negar no conceder
sudor secreción que sale del cuerpo por los poros cuando uno trabaja
deshacedor el que deshace
picar estimular a caminar
espacio intervalo de tiempo
deuda lo que se debe
asir coger o tomar
juez magistrado que administra la justicia

— Bien está todo eso, — replicó don Quijote; — pero quédense los zapatos y las sangrías por los golpes que sin culpa le habéis dado.

— El mal está, señor caballero, en que no tengo aquí dinero. Que venga Andrés conmigo a mi casa, y yo se lo pagaré un real sobre otro.

— ¡Irme yo con él! — dijo el muchacho. — No, señor, de ninguna manera; porque cuando se vea solo me matará.

— No hará eso, — replicó don Quijote: — basta que yo se lo mande, para que me tenga respeto; y con tal que él me lo jure por la ley de caballería que ha recibido, le dejaré ir libre y aseguraré la paga.

— Mire vuestra merced, señor, lo que dice, — dijo el muchacho. — Mi amo no es caballero, ni ha recibido orden de caballería alguna. Es Juan Haldudo el rico, quien me niega mi salario, mi sudor, y mi trabajo.

III

— No niego, hermano Andrés, — respondió el labrador. — Hacedme el favor de venir conmigo. Yo juro por todas las órdenes que de caballería hay en el mundo pagaros todo lo que demandáis.

— Mirad que lo cumpláis como lo habéis jurado, — dijo don Quijote. — Si no, por el mismo juramento os juro volver a buscaros y a castigaros. Y si queréis saber quién os manda esto, para quedar mejor obligado a cumplirlo, sabed que yo soy el valeroso don Quijote de la Mancha, el deshacedor de agravios e injusticias.

Y, diciendo esto, picó a su Rocinante, y en breve espacio se apartó de ellos.

El labrador le siguió con los ojos, y cuando vio que había salido del bosque y que ya no parecía, se volvió a su criado Andrés y le dijo:

— Venid acá, hijo mío; quiero pagaros lo que os debo, como aquel deshacedor de agravios me mandó; pero porque os quiero mucho, quiero aumentar la deuda por aumentar la paga.

Y asiéndole del brazo, volvió a atarle al árbol, donde le dio tantos golpes, que le dejó casi muerto.

— Llamad, señor Andrés, ahora, — decía el labrador, — al deshacedor de agravios; veréis como no deshace éste.

Al fin le desató y le dio permiso que fuese a buscar a su juez, para que ejecutase la pronunciada sentencia.

Andrés partió algo triste, jurando ir a buscar al valeroso don Quijote de la Mancha, y contarle punto por punto lo que había pasado.

Preguntas

I

1 ¿Qué oye don Quijote al pasar cerca de un bosque?
2 ¿Por qué lo hace contento?
3 ¿Qué debe a su profesión?
4 ¿Qué encuentra don Quijote cuando entra en el bosque?
5 ¿Por qué tiene miedo el labrador?
6 ¿Por qué tiene don Quijote la intención de atacarlo?
7 ¿Cómo explica el labrador lo que está haciendo?

II

1 ¿Por qué se pone furioso don Quijote?
2 ¿Cuánto le debe el labrador a su criado según éste?
3 ¿Cómo sabemos que don Quijote es muy mal matemático?
4 ¿Qué opinión tiene el labrador?
5 ¿Qué solución encuentra don Quijote para la disputa?
6 ¿Por qué no quiere acompañar Andrés al labrador a casa?
7 ¿Cómo cree don Quijote que podrá asegurar la paga?
8 ¿Qué importancia tiene para Andrés la palabra de caballero andante del labrador?

III

1 ¿Cómo es posible que el labrador jure como caballero si no lo es?
2 ¿Qué hará don Quijote si Juan Haldudo no cumple con su palabra?
3 ¿Cuánto tiempo espera el labrador para pagar a su criado?
4 ¿Qué elementos irónicos se encuentran en las palabras de Juan Haldudo?
5 ¿En qué sentido va a aumentar la paga?
6 ¿Por qué ya no tiene miedo el labrador a don Quijote?
7 ¿Cómo se siente Andrés al final del episodio?
8 ¿Cree usted que don Quijote deshizo en verdad un agravio en este episodio?

Ejercicio 1

Estructura: verbo conjugado + infinitivo

Don Quijote *quiere hacerse* caballero andante.

Haga por lo menos 15 oraciones, escogiendo un verbo de cada grupo para formar una sola oración. Se puede emplear cualquier vocabulario suplementario que sea necesario.

Ejemplo: El ventero *quiere recibir* a don Quijote.

VERBO CONJUGADO		VERBO EN INFINITIVO	
deber		atacar	poner
decidir		buscar	recibir
desear		desatar	subir
pensar	+	deshacer	tomar armas
poder		entrar	traer
prometer		levantarse	velar
querer		pagar	vender
saber		pedir	volver

Ejercicio 2

Oraciones originales

1. salir / bosque / voces / persona
2. don Quijote / ver / muchacho / atado / árbol
3. criado / guardar / ovejas / campo
4. labrador / negar / salario / criado
5. amo / prometer / aumentar / deuda
6. labrador / volver / dar / golpes / criado
7. caballero / tratar / deshacer / agravio

Ejercicio 3

Estructura: verbo conjugado + *a* + infinitivo

Al fin *vinó a llamarse don Quijote.*

Haga por lo menos 15 oraciones, escogiendo verbos de los dos grupos para formar una sola oración. Como en el ejercicio 1 se puede emplear cualquier vocabulario suplementario que le guste.

Ejemplo: *Llegó a ver* lo que pasaba.

VERBO CONJUGADO		VERBO EN INFINITIVO	
comenzar		abrazar	hablar
empezar		andar	jurar
ir		atar	limpiar
llegar	+ a +	buscar	montar
ponerse		caminar	murmurar
salir		castigar	preguntar
venir		dar golpes	tocar
volver		detener	tomar

Ejercicio 4

Para completar

1 Don Quijote da gracias al cielo porque puede cumplir con lo que debe a . . .
2 Volviendo las riendas, don Quijote . . . a Rocinante hacia donde le pareció que salían las voces.
3 Don Quijote cree que es muy malo atacar a las personas que . . .
4 Este muchacho es tan . . . que cada día le falta una oveja al labrador.
5 El labrador dijo que no le debía tanto dinero, pues había de descontar . . . que le había comprado.
6 Don Quijote estará contento si Juan Haldudo . . . por la ley de cabellaría que ha recibido.
7 Si el labrador no cumple con su juramento, dice don Quijote que volverá a buscarlo para . . .
8 Don Quijote picó a Rocinante y en poco tiempo . . .
9 El labrador quiere pagar a su criado lo que . . .
10 Al final Andrés va en busca de don Quijote para . . . lo que ha pasado.

Ejercicio 5

Estructura: *ver* o *oir* + infinitivo + complemento directo

Don Quijote *vio acercarse* a unos mercaderes.

Combine la primera oración con lo que sigue para formar una segunda oración según el modelo.

Ejemplo: *Se acerca* un mozo de mulas.
Don Quijote *ve acercarse a un mozo de mulas.*

1 Llega el cura.
Don Quijote ve . . .
2 Sale don Quijote por el corral.
Nadie ve . . .
3 Don Quijote llega a la venta.
Las mujeres ven . . .
4 El ventero sale de la venta.
Don Quijote ve . . .
5 Grita un muchacho joven.
Don Quijote oye . . .
6 Don Quijote se marcha sin pagar.
El ventero ve . . .
7 Don Quijote desaparece en el bosque.
Andrés ve . . .
8 Un porquero toca un cuerno.
Don Quijote oye . . .
9 Don Quijote se cae de Rocinante.
Sancho ve . . .
10 El muchacho se queja mucho.
Don Quijote oye . . .
11 Los porqueros llegan a la venta.
Don Quijote oye . . .
12 Don Quijote entra en su pueblo.
Nadie ve . . .
13 Viene un hombre armado.
La gente ve . . .
14 Don Quijote habla.
Las doncellsa oyen . . .

encrucijada lugar de donde parten varios caminos
rato espacio de poco tiempo
quieto sin moverse
soltar dejar libre
voluntad deseo o determinación
mercader comerciante o persona que se dedica al comercio (término no muy usado hoy día)
Toledo famosa ciudad de Castilla situada a poca distancia al sur de Madrid
seda materia textil fabricada por la sustancia flexible y resistente que producen ciertos pequeños animales invertebrados
Murcia capital de la provincia de Murcia, que está al sureste de Madrid
mozo de mula muchacho que cuida o guarda las mulas
juzgar considerar
detenerse quedar inmóvil o pararse; *cfr.* inglés *detain*
Emperatriz esposa de un emperador; en verdad no existe tal imperio sino en la imaginación de don Quijote
sin par sin igual o comparación
pararse detenerse o no seguir adelante
burlón inclinado a decir o hacer burlas
mostrar poner una cosa a la vista; enseñar
hermosura perfección física del cuerpo humano que uno encuentra agradable
defensor el que defiende
soberbio arrogante
usanza costumbre o práctica
aguardar esperar
confiado seguro de sí mismo
suplicar pedir con humildad
príncipe persona de familia real como el hijo del rey

5 La batalla de los mercaderes

I

Después de deshacer este agravio (como pensaba él), y de dedicar su victoria a Dulcinea del Toboso, llegó don Quijote a un camino que en cuatro se dividía. Entonces se le vinieron a la imaginación las encrucijadas donde los caballeros andantes se ponían a pensar cuál camino de aquellos tomarían. Por imitarlos, estuvo un rato quieto. Después de haberlo pensado muy bien, soltó la rienda a Rocinante, dejando a la voluntad del rocín la suya; el cual siguió su primer intento, que fue tomar el camino de su caballeriza.

Habiendo andado unas dos millas, descubrió don Quijote un grupo de gente, que, como después se supo, eran unos mercaderes de Toledo que iban a comprar seda a Murcia. Eran cuatro, y venían con otros cuatro criados a caballo y tres mozos de mula a pie. Apenas los vio don Quijote, cuando se imaginó ser cosa de nueva aventura y se propuso imitar los encuentros que había leído en sus libros. Poniéndose en la mitad del camino, estuvo esperando que aquellos caballeros andantes llegasen (que ya él por tales los tenía y juzgaba); y, cuando llegaron tan cerca que se pudieron ver y oír, levantó don Quijote la voz, y, con actitud arrogante, dijo;

— Todo el mundo se detenga, si todo el mundo no confiesa que no hay en todo el mundo doncella más hermosa que la Emperatriz de la Mancha, la sin par Dulcinea del Toboso.

Al oír esto, se pararon los mercaderes a ver la extraña figura del que lo decía, y, por la figura y por las palabras, pronto vieron la locura del caballero.

II

Uno de ellos, que era un poco burlón y muy discreto, le dijo: — Señor caballero, nosotros no conocemos a esa buena señora de quien vuestra merced habla; muéstrela vuestra merced. Si su hermosura es tanta como su defensor declara, de buena gana confesaremos la verdad que se nos pide.

— Si yo os la mostrara, — replicó don Quijote, — ¿qué hicierais vosotros en confesar una verdad tan evidente? La importancia está en que sin verla lo habéis de creer, confesar, afirmar, jurar y defender. Si no, conmigo entraréis en batalla, gente soberbia. Venid, uno a uno, como pide la orden de caballería, o todos juntos, como es costumbre y mala usanza de los de vuestra clase. Aquí os aguardo y espero, confiado en la razón que yo tengo.

— Señor caballero, — replicó el mercader, — suplico a vuestra merced, en nombre de todos estos príncipes que aquí estamos, que para no ofender nuestras conciencias, confesando una cosa por nosotros jamás vista ni oída (y más

perjuicio daño
reina esposa del rey
Alcarria territorio montañoso que ocupa la mayor parte de la provincia de Guadalajara
Extremadrura región árida al suroeste de Madrid
retrato representación visual como una foto o pintura
tuerto sin vista en uno de los ojos
complacer dar gusto
ladrón persona que roba; aquí sirve como insulto
infame sin honra, vil
encendido incitado o inflamado
cólera furia o ira
belleza hermosura
lo habría pasado mal (uno) le habría resultado mal a (uno)
rodar moverse sobre la tierra como hace una cosa de forma circular
embarazo obstáculo
peso la fuerza con que las cosas materiales mueven hacia la tierra a causa de la gravedad
huyáis *presente de subjuntivo de* **huir**
cautivo prisionero sujeto a la voluntad de otro
tendido extendido sobre el suelo
muy bien intencionado de muy buenas intenciones
oyendo decir a (uno) oyendo que decía (uno)
juego actividad que uno hace para entretenerse (en sentido irónico)
caído el que ha caído
tempestad manifestación violenta como una explosión
sano no enfermo, bien de salud
apaleado herido o golpeado con **palo** (= pedazo de madera cilíndrico y delgado)
tener por considerar
propio característico

siendo tan en perjuicio de las princesas y reinas de la Alcarria y Extremadura), vuestra merced tenga la bondad de mostrarnos algún retrato de esa señora. Aunque sea pequeñísimo quedaremos con esto satisfechos y seguros, y vuestra merced quedará contento. Aun creo que aunque su retrato nos muestre que es tuerta, con todo eso, por complacer a vuestra merced, diremos en su favor todo lo que vuestra merced quiera.

— No es tuerta, ladrón infame, — respondió don Quijote, encendido en cólera. — No es tuerta, digo. Vosotros pagaréis la gran blasfemia que habéis dicho contra tan gran belleza, como es la de mi señora.

III

Y diciendo esto, atacó con la lanza al que lo había dicho, con tanta ira y furia, que si la buena fortuna no hiciera que en la mitad del camino cayera Rocinante, lo habría pasado mal el imprudente mercader. Cayó Rocinante, y fue rodando su amo por el campo, y, queriendo levantarse, no pudo; tal embarazo le causaba el peso de las antiguas armas. Y mientras trataba de levantarse, estaba diciendo: — No huyáis, gente cobarde, gente cautiva. Sabed que no por falta mía sino de mi caballo estoy aquí tendido.

Un mozo de mulas de los que allí venían, que no debía de ser muy bien intencionado, oyendo decir al pobre caído tantas arrogancias, no pudo sufrirlo sin darle la respuesta en la espalda; y, acercándose a él, tomó la lanza, y después de haberla hecho pedazos, con uno de ellos dio a nuestro don Quijote muchos golpes.

Gritaban sus amos que no le diese tanto y que le dejase; pero estaba ya el mozo indignado, y no quiso dejar el juego hasta satisfacer todo el resto de su cólera. El miserable caído, con aquella tempestad de golpes que sobre él llovía, no cerraba la boca, amenazando al cielo y a la tierra y a los perversos enemigos.

Se cansó el mozo y los mercaderes siguieron su camino. El pobre don Quijote, después que se vio solo, volvió a tratar si podía levantarse; pero si no pudo hacerlo cuando sano y bueno, ¿cómo lo haría apaleado y casi muerto? Y aun se tenía por afortunado, pareciéndole que aquélla era propia desgracia de caballeros andantes.

IV

Por casualidad pasó por allí un labrador que era vecino de don Quijote. Al verle caído en el suelo, le ayudó a levantarse y le subió sober su burro. Puso las armas sobre Rocinante, y, tomándole de la rienda, se encaminó hacia su pueblo a donde llegaron por la noche. Entró el labrador en el pueblo y en la casa de don Quijote, y estaban en ella el cura y el barbero del lugar, que eran grandes amigos de don Quijote.

ausencia condición de no estar presente
manía locura
dar de comer dar cosa para comer
llave instrumento para abrir o cerrar las cerraduras de las puertas
autores del mal que causaban el mal
quemar consumir con fuego
llevarse tomar
encantador persona que sabe usar artes mágicas
sabio que sabe mucho
envidia tristeza o pena porque nosotros no tenemos el bien que otro tiene
evitar evadir o huir de algo
ordenar mandar o dar una orden

El ama y la sobrina lamentaban la ausencia de su señor y comentaban su manía de leer libros de caballería hasta el punto de perder el juicio. La sobrina suplicaba al cura y al barbero que condenasen al fuego todos aquellos libros. Llegó don Quijote, y le llevaron a la cama donde le hicieron mil preguntas, y a ninguna quiso responder otra cosa sino que le diesen de comer y le dejasen dormir.

El cura pidió a la sobrina la llave del cuarto donde estaban los libros autores del mal, y encontraron más de cien libros grandes, la mayor parte de los cuales salieron por la ventana y fueron quemados sin compasión en el patio de la casa.

Cuando don Quijote se levantó, lo primero que hizo fue preguntar por sus libros, pero le dijeron que se los había llevado el diablo o un encantador que se llamaba Fristón.

— Así es, — dijo don Quijote, — ése es un sabio encantador, gran enemigo mío, que me tiene envidia, pero mal podrá él evitar lo que por el cielo está ordenado.

Preguntas

I

1 ¿Qué hace don Quijote al llegar donde se divide el camino?
2 ¿Quién decide al fin el camino que van a tomar?
3 ¿Por qué quiere ir Rocinante a la caballeriza?
4 ¿Con quién se encuentra don Quijote poco después?
5 ¿Por qué va esta gente a Murcia?
6 ¿Qué se imagina don Quijote inmediatamente?
7 ¿Por qué habla con actitud arrogante?
8 ¿Qué deberán hacer los mercaderes para calmar a don Quijote?
9 ¿Cómo saben que es un loco?

II

1 ¿Cómo es el mercader que habla con don Quijote?
2 Según éste ¿qué debe mostrarle don Quijote?
3 ¿Por qué no quiere mostrarles cómo es Dulcinea?
4 ¿Qué diferencia hay entre los caballeros andantes y los hombres como los mercaderes cuando combaten?
5 ¿Por qué se siente confiado don Quijote?
6 ¿Por qué llama el mercader a sus compañeros 'príncipes' si no lo son?
7 ¿Con qué quedarán satisfechos los mercaderes?
8 ¿Qué dirán los mercaderes solamente por complacer a don Quijote?
9 ¿Cuál es la blasfemia que pone furioso a éste?

III

1 ¿A quién ataca don Quijote?
2 ¿Por qué no lo pasa mal el mercader?
3 ¿Por qué no puede levantarse don Quijote?
4 ¿Qué explicación da éste al encontrarse tendido en el suelo?
5 ¿Con qué cosa lo ataca un mozo de mulas?
6 ¿Por qué hace esto?
7 ¿Qué hace don Quijote mientras el mozo le da golpes?
8 ¿Qué hace don Quijote cuando se van todos?
9 ¿Por qué se considera afortunado aunque se encuentra en malas condiciones?

IV

1 ¿Qué hace un vecino suyo cuando lo ve?
2 ¿Quiénes se encuentran reunidos en casa de don Quijote al volver éste?
3 ¿Por qué no están contentas el ama y la sobrina?
4 ¿Cómo reacciona don Quijote a las preguntas que le hacen?
5 ¿Qué pasa con los libros que posee don Quijote?
6 ¿Cómo se explica después la desaparición de estos libros?
7 ¿Quién es Fristón, según don Quijote?
8 ¿Por qué acepta don Quijote como verdad la explicación que le dan?
9 ¿Tiene usted compasión por don Quijote en este episodio?

Ejercicio 1

Estructura: *al* + infinitivo

Al oír esto, los mercaderes se pararon.

Combine las oraciones siguientes según el modelo.

Ejemplo: *Cuando volvió* a hacer la celada, no la probó.
Al volver a hacer la celada, no la probó.

1 Cuando salió el sol, don Quijote se puso en camino.
2 Cuando oyó hablar así a don Quijote, sabía que estaba loco.
3 Cuando recogió sus armas, las puso en la pila.
4 Cuando le dio el golpe, comenzó a leer.
5 Cuando le puso la espada, le dijo algunas palabras.
6 Cuando le preguntó cuánto le debía, respondió que muy poco.
7 Cuando cayó Rocinante, llegó al suelo también don Quijote.
8 Cuando llegó a la caballeriza, Rocinante estaba contento.
9 Cuando lo vio en el suelo, lo ayudó a levantarse.
10 Cuando volvió a casa, don Quijote se acostó en seguida.

Ejercicio 2

Estructura: preposición + infinitivo

Después de deshacer este agravio, don Quijote sigue su camino.
Los mercaderes ven la dificultad *en hacer* lo que don Quijote les pide.

Combine la primera oración con lo que sigue para formar una segunda oración según el modelo.

Ejemplo: Don Quijote *deshace* este agravio.
Don Quijote sigue su camino después de *deshacer* este agravio.

1 Don Quijote *piensa* qué camino tomar.
Don Quijote se detiene para . . .
2 Don Quijote *imita* a los caballeros andantes.
Don Quijote queda quieto un rato por . . .
3 *Sabe* quiénes son.
Habla con ellos sin . . .
4 *Oyen* lo que dice.
Los mercaderes se detienen para . . .
5 *Cree* sin ver.
Don Quijote insiste en la importancia de . . .
6 *Complacen* al loco.
Los mercaderes inventan verdades por . . .
7 *Muestra* un retrato.
Uno de los hombres dice: — Tenga la bondad de . . .
8 Un mozo *ataca* a don Quijote.
Un mozo no quiere marcharse sin . . .
9 Le *rompe* la lanza.
El mozo le da muchos golpes después de . . .
10 *Satisface* a su cólera.
El mozo no deja a don Quijote hasta . . .
11 Don Quijote *lee* sus libros todo el tiempo.
Todos comentan la manía de don Quijote de . . .
12 El cura *entra* en el cuarto.
El cura necesita la llave para . . .
13 *Queman* sus libros.
Los amigos de don Quijote tienen la intención de . . .
14 Don Quijote *pregunta* por sus libros.
Don Quijote duerme un rato antes de . . .

Ejercicio 3

Para completar

1 Al llegar don Quijote a una encrucijada se puso a pensar . . .
2 Don Quijote decidió situarse . . . para esperar el encuentro con los mercaderes.
3 Para don Quijote lo importante es confesar . . . sin verla.
4 El mercader pregunta si don Quijote no puede mostrarles por lo menos . . .
5 Don Quijote acusa al mercader de una blasfemia al decir que . . .
6 Don Quijote no pudo levantarse después de caer a causa de . . .
7 Un mozo de mulas ataca a don Quijote porque no puede sufrir . . .
8 Después de todo don Quijote sigue considerándose . . .
9 Al volver a casa encuentran allí a . . .
10 Lo primero que hace don Quijote al despertarse es . . .

Ejercicio 4

Oraciones originales

1 Rocinante / querer / tomar / camino / caballeriza
2 mercaderes / ir / Murcia / comprar / seda
3 viajeros / pararse / oír / palabras / loco
4 caballo / rodar / campo / después / caer
5 estar / tendido / suelo / falta / caballo
6 mozo / seguir / camino / después / cansarse
7 vecino / ayudar / hidalgo / subir / burro
8 cura / condenar / fuego / libros / don Quijote

honrado escrupuloso en su conducta
escudero persona que acompaña y sirve a un caballero
tal vez posiblemente o quizás
ínsula palabra antigua y erudita, popular en los libros de caballerías, que significa **isla**
avisar aconsejar o dar noticia a
alforjas un tipo de saco o bolsa muy grande que usan los campesinos para transportar cosas
asno animal doméstico parecido al caballo
consejo cosa que se dice a alguien sobre lo que debe o no debe hacer; *cfr.* **aconsejar**
amanecer llegada del día o salida del sol
patriarca persona muy respetada en una gran familia o en una comunidad
ruta camino o itinerario; *cfr.* inglés *route*
Campo de Montiel región que está en la Mancha
condesa esposa de conde (título de nobleza)
descubrir hallar o ver lo que estaba ignorado
molino edificio donde se reducen los cereales a partes muy pequeñas
guiar conducir o dirigir; *cfr.* inglés *guide*
legua distancia equivalente aproximadamente a cinco kilómetros y medio
aspa brazo del molino de viento
versado competente
feroz cruel o brutal; *cfr.* inglés *ferocious*

6 Segunda salida: los molinos de viento

I

Don Quijote estuvo quince días en casa muy tranquilo. Durante este tiempo, sus vecinos venían a visitarle. Entre ellos había un labrador honrado y pobre y poco inteligente. Tanto le dijo don Quijote, tanto le persuadió y prometió, que el pobre labrador decidió salir con él y servirle de escudero. Don Quijote le decía, entre otras cosas, que tal vez le podía suceder una aventura en que ganase alguna ínsula, y le dejase a él por gobernador de ella. Con estas promesas y otras tales, Sancho Panza (que así se llamaba el labrador) dejó a su mujer e hijos y se hizo escudero de su vecino. Don Quijote avisó a su escudero del día y la hora que pensaba salir, y Sancho dijo que pensaba llevar alforjas y un asno que tenía muy bueno. Don Quijote hizo provisión de camisas y de las demás cosas que él pudo, conforme al consejo que el ventero le había dado. Todo lo cual hecho y cumplido, sin despedirse Sancho Panza de sus hijos y mujer ni don Quijote de su ama y sobrina, una noche salieron del lugar sin que nadie los viese. Caminaron tanto aquella noche, que al amanecer estaban seguros de que no los hallarían aunque los buscasen. Iba Sancho Panza sobre su burro como un patriarca, con sus alforjas, y con muchos deseos de verse gobernador de la ínsula que su señor le había prometido. Don Quijote tomó la misma ruta y camino que él había tomado en su primer viaje, que fue por el Campo de Montiel; los dos iban hablando de la ínsula prometida, y de si Teresa, la mujer de Sancho, podría ser reina o condesa.

II

Dentro de poco, descubrieron treinta o cuarenta molinos de viento que hay en aquel campo; y así que don Quijote los vio, dijo a su escudero: — La fortuna está guiando nuestras cosas mejor de lo que deseáramos; porque ves allí, amigo Sancho Panza, donde se hallan treinta o pocos más enormes gigantes, con quienes pienso hacer batalla y quitarles a todos la vida.

— ¿Qué gigantes? — dijo Sancho Panza.

— Aquéllos que allí ves, — respondió su amo, — de los brazos largos, que los tienen algunos de casi dos leguas.

— Mire vuestra merced, — respondió Sancho, — que aquéllos que allí se parecen no son gigantes, sino molinos de viento, y lo que en ellos parecen brazos son las aspas, que, movidas por el viento, hacen andar la piedra del molino.

— Bien parece, — respondió don Quijote, — que no estás versado en las aventuras: ellos son gigantes; y si tienes miedo, quítate de ahí porque yo voy a entrar con ellos en feroz batalla.

espuela objeto de metal que se lleva en los zapatos o botas para estimular un caballo para hacerlo correr
convencido persuadido o seguro
vil malo o infame
en esto en este momento
Briareo gigante de la mitología griega
precipitarse empezar a correr sin pensar
acudir ir o venir
¡Válgame Dios! = **¡Dios mío!**
no eran sino eran solamente
volver transformar o cambiar

Y diciendo esto, dio de espuelas a su caballo Rocinante, sin atender a los gritos que su escudero Sancho le daba, diciéndole que sin duda alguna eran molinos de viento, y no gigantes, aquéllos que iba a atacar. Pero él estaba tan convencido de que eran gigantes, que no oía los gritos de su escudero Sancho, ni notó, aunque estaba ya muy cerca, lo que eran; al contrario, iba diciendo en voz alta: — No huyáis, cobardes y viles criaturas; porque un solo caballero es él que os ataca.

III

Se levantó en esto un poco de viento, y las grandes aspas comenzaron a moverse; viendo lo cual don Quijote, dijo: — Pues aunque mováis más brazos que los del gigante Briareo, me lo habéis de pagar.

Y diciendo esto, y dedicándose de todo corazón a su señora Dulcinea pidiéndole que en tan peligroso momento le socorriese, se precipitó a todo el galope de Rocinante, y atacó con la lanza al primer molino que estaba delante. El viento movió el molino con tanta furia, que hizo pedazos la lanza, llevándose detrás de sí al caballo y al caballero, que fueron rodando por el campo. Acudió Sancho Panza a socorrerle a todo el correr de su asno, y cuando llegó, halló que no podía moverse.

— ¡Válgame Dios! — dijo Sancho, — ¿no le dije yo a vuestra merced que mirase bien lo que hacía, que no eran sino molinos de viento?

— Calla, amigo Sancho, — respondió don Quijote; — que las cosas de la guerra más que otras están sujetas a continua transformación. Por eso yo pienso que aquel encantador Fristón que me robó los libros, ha vuelto estos

vencimiento acción de perder una batalla o guerra
enemistad actitud hostil de una persona hacia otra
malas artes estratagemas o engaños; **poco han . . . artes = sus malas artes han de poder (hacer) poco**
licencia permiso
lentamente despacio
aquella noche la pasaron = pasaron aquella noche
ramo parte del árbol que sale del tronco
seco que no tiene agua ni humedad
hierro el metal que se usa más en la industria; también parte de un arma hecha de este metal
quebrar romper
rayo línea de luz
sustentar soportar o mantener
dulce sabor o gusto característico del azúcar
a menos que si no es que
canalla persona mala
obedecer hacer lo que otra persona le manda

gigantes en molinos por quitarme la gloria de su vencimiento; tal es la enemistad que me tiene; mas al fin, al fin, poco han de poder sus malas artes contra la bondad de mi espada.

— Amén, — respondió Sancho Panza; y ayudándole a levantarse, volvió a subir sobre Rocinante. Y hablando de la pasada aventura, siguieron el camino.

IV

Decía don Quijote que en aquel camino no era posible dejar de hallarse muchas y diversas aventuras, pero iba muy melancólico por haber perdido la lanza. Le dijo Sancho que era hora de comer. Le respondió su amo que, aunque él no tenía apetito, Sancho podía comer cuando quisiera. Con esta licencia, se acomodó Sancho lo mejor que pudo sobre su burro, y sacando de las alforjas lo que en ellas había puesto, iba caminando y comiendo detrás de su amo, muy lentamente y con mucho gusto. Aquella noche la pasaron entre unos árboles, y de uno de ellos rompió don Quijote un ramo seco, que casi le podía servir de lanza, y puso en él el hierro que quitó de la que se había quebrado. Toda aquella noche no durmió don Quijote pensando en su señora Dulcinea, según lo que había leído en sus libros, cuando los caballeros pasaban sin dormir muchas noches en el campo, confortados con las memorias de sus señoras. No la pasó así Sancho Panza, que como tenía el estómago lleno, durmió mejor que nunca. Le despertó su amo cuando los rayos del sol anunciaban la llegada del nuevo día. Al levantarse, comió y bebió otra vez, pero don Quijote no quiso desayunarse, porque prefería sustentarse con dulces memorias.

— Hoy tendremos grandes aventuras, — dijo don Quijote, — pero aunque me veas en los mayores peligros del mundo, hermano Sancho Panza, no has de poner mano a tu espada para defenderme, a menos que veas que los que me ofenden son canalla y gente baja.

— Por cierto, señor, — respondió Sancho, — que vuestra merced será muy bien obedecido, porque yo soy naturalmente pacífico.

Preguntas

I

1 ¿Cómo es el labrador que visita a don Quijote?
2 ¿Por qué decide acompañar a don Quijote?
3 ¿Qué preparativos hacen los dos antes de salir?
4 ¿Por qué salen muy temprano por la mañana?
5 ¿Por qué considera Sancho Panza como un patriarca?
6 ¿Qué importancia tiene la ínsula para él?
7 ¿De qué hablan los dos al caminar?
8 ¿Qué ruta deciden seguir?

II

1 ¿Qué descubren ellos a lo lejos?
2 ¿Cómo interpreta don Quijote lo que ve?
3 ¿Por qué está contento con esta interpretación?
4 ¿Cómo se explica esta extraña interpretación?
5 ¿Qué son las aspas?
6 ¿Por qué no ve Sancho la misma cosa, según don Quijote?
7 ¿Por qué no presta atención don Quijote a lo que Sancho le dice?
8 ¿Por qué ataca los molinos?

III

1 ¿Qué pasa cuando se levanta el viento?
2 ¿Qué hace don Quijote antes de atacar?
3 ¿Cómo sale don Quijote del combate con el molino?
4 ¿Cómo se explica lo que le pasó?
5 ¿Cuál es la reacción de Sancho?
6 ¿Por qué dice que lo trata tan mal el encantador?
7 ¿Por qué cree que podrá vencer a Fristón al fin?

IV

1 ¿Por qué está melancólico don Quijote ahora?
2 ¿Por qué se siente contento, en cambio, Sancho?
3 ¿Con qué fabrica don Quijote una nueva lanza?
4 ¿Cómo pasa don Quijote la noche?
5 ¿Por qué no come nada don Quijote al día siguiente?
6 ¿En qué situación podrá Sancho defender y socorrer a su amo?
7 ¿Qué características distintivas hay entre don Quijote y Sancho?

Ejercicio 1

El tiempo potencial

Cambie el verbo de la cláusula subordinada del futuro al potencial al cambiar el verbo principal del presente al pasado.

Ejemplo: Sancho dice que *llevará* alforjas.
Sancho dijo que *llevaría* alforjas.

1 Dice que *entrará* en batalla con los gigantes.
2 No sabe qué camino *tomará.*
3 Cree que todos *quedarán* satisfechos.
4 Responde que el mercader *pagará* la blasfemia.
5 Está seguro de que nadie los *hallará.*
6 Duda si su esposa *podrá* ser condesa.
7 Dice que su amo *será* bien obedecido.
8 Promete que nadie le *quitará* la gloria.
9 Avisa a su escudero que *saldrán* al día siguiente.
10 Decide que *seguirán* la misma ruta.

Ejercicio 2

Oraciones originales

1 hacer / promesa / dar / ínsula / escudero
2 Sancho / tener / deseos / gobernador / verse
3 don Quijote / pensar / batalla / hacer / gigantes
4 molino / tener / aspas / parecer / brazos
5 Sancho / acudir / asno / socorrer / amo
6 encantador / querer / quitar / gloria / vencimiento
7 don Quijote / buscar / ramo / fabricar / lanza
8 amo / preferir / desayunar / memorias / dulce

Ejercicio 3

Estructura: *hacer* + infinitivo + complemento directo

Este pensamiento *hizo vacilar* a don Quijote.
don Quijote = quien vacila

Combine la primera oración con lo que sigue para formar una segunda oración según el modelo.

Ejemplo: *Don Quijote vacila* un poco.
Este pensamiento hace *vacilar* un poco *a don Quijote.*

1 El hidalgo caído se levanta.
El ventero hace . . .
2 Don Quijote cae al suelo.
El golpe hace . . .
3 Don Quijote se acuesta.
La sobrina hace . . .
4 Los mercaderes se detienen.
Don Quijote hace . . .
5 La piedra del molino anda.
Las aspas hacen . . .
6 Las aspas se mueven.
El viento hace . . .
7 El labrador jura.
Don Quijote hace . . .
8 Rocinante ataca.
Don Quijote hace . . .
9 Sus amigos se desesperan de él.
Don Quijote hace . . .
10 Sancho se calla.
Don Quijote hace . . .

Ejercicio 4

Para completar

1 Don Quijote habló de sus aventuras con tanto entusiasmo que por fin Sancho decidió . . .
2 Mientras don Quijote hizo provisión para el viaje, Sancho se propuso llevar . . .
3 Después de caminar un poco, vieron a lo lejos treinta o cuarenta . . .
4 Don Quijote piensa atacar a los gigantes que ve para . . .
5 Don Quijote ataca con tanta rapidez y determinación que no hay tiempo para . . . los gritos que Sancho le daba.
6 Cuando se levantó el viento, las aspas . . .
7 Don Quijote explicó que las cosas de la guerra están expuestas a . . .
8 Cuando llega la hora de comer, don Quijote decide no comer nada porque . . .
9 Muchas veces los cabelleros andantes pasaban las noches despiertos pensando . . .
10 Si las personas que atacan a don Quijote son . . . , Sancho sí que podrá ayudar a defenderlo.

fraile individuo o miembro de una orden religiosa
montar subir
dromedario animal muy parecido al camello que vive en el norte de Africa
coche vehículo como el carruaje u, hoy día, el automóvil
muletero hombre que guarda las mulas
vizcaíno de la provincia Vizcaya, que está al norte de España
marido esposo
Indias América (en los tiempos de Cervantes)
honroso que da honra
cargo trabajo o responsabilidad
engañar hacer que alguien crea una cosa que no es verdad
secuestrar robar a una persona para obtener dinero
poderío vigor o poder
viajero persona que viaja
adelantarse salir para encontrar a alguien; *cfr.* **adelante**
endiablado perverso o muy malo **(diablo = demonio)**
castigo acción de castigar; *cfr.* inglés *castigate*
obra trabajo o lo que resulta del trabajo
estupefacto paralizado sin saber qué decir o hacer
aprisionar poner en prisión
para conmigo para mí
blando suave, cobarde o excesivamente benigno
respuesta acción de responder
religioso fraile
ligero rápido
desnudar quitar la ropa a alguien

7 Enseña una lección a dos frailes

I

Volvieron a su comenzado camino y pronto se encontraron con dos frailes, montados sobre dos dromedarios; no eran menos altas las dos mulas en que venían. Detrás de ellos venía un coche con cuatro o cinco hombres montados a caballo que lo acompañaban, y dos muleteros a pie. Venía en el coche, como después se supo, una señora vizcaína que iba a Sevilla, donde estaba su marido, el que pasaba a las Indias con un muy honroso cargo. No venían los frailes con ella, aunque iban el mismo camino; mas apenas los vio don Quijote, cuando dijo a su escudero: — O yo me engaño, o ésta ha de ser la más famosa aventura que se haya visto, porque aquellas figuras negras que allí parecen, deben de ser, y son sin duda, algunos encantadores, que llevan secuestrada a alguna princesa en aquel coche, y es necesario deshacer este agravio a todo mi poderío.

— Peor será esto que los molinos de viento, — dijo Sancho. — Mire, señor, que aquéllos son frailes, y el coche debe de ser de algunos viajeros; digo que mire bien lo que hace.

— Ya te he dicho, Sancho, — respondió don Quijote, — que sabes poco de aventuras: lo que yo digo es verdad, y ahora lo verás.

Y diciendo esto, se adelantó, y se puso en la mitad del camino por donde los frailes venían, y, llegando tan cerca que a él le pareció que le podrían oír lo que dijese, en alta voz dijo: — Gente endiablada, dejad inmediatamente a las altas princesas que en ese coche lleváis prisioneras; si no, preparaos a recibir pronta muerte por justo castigo de vuestras malas obras.

II

Detuvieron los frailes las riendas, y estupefactos respondieron: — Señor caballero, nosotros no somos endiablados y no sabemos si en este coche vienen o no ningunas princesas aprisionadas.

— Para conmigo no hay palabras blandas, que ya os conozco, vil canalla, — dijo don Quijote; y, sin esperar más respuesta, picó a Rocinante, y, la lanza baja, atacó al primer fraile con tanta furia que si el fraile no se dejara caer de la mula, él le hiciera venir al suelo mal herido si no muerto. El segundo religioso, que vio cómo trataban a su compañero, dio de espuelas a su buena mula, y comenzó a correr más ligero que el mismo viento.

Sancho Panza, que vio en el suelo al fraile, bajando ligeramente de su asno, le atacó, y comenzó a quitarle los hábitos. Llegaron en esto dos criados de los frailes, y le preguntaron por qué le desnudaba. Les respondió Sancho que

tocar corresponder
despojos las cosas que se quitan a la gente que pierde una batalla
aliento respiración
sentido facultad con que uno percibe el mundo exterior; *cfr.* **sentir**
entretanto durante este tiempo
soberbia arrogancia
robador persona que roba
postrar hacer caer; *cfr.* inglés *prostrate*
beneficio favor
de mi parte como representante mío
adelante más allá; *cfr.* **delante**
dar la vuelta volver o regresar
irse para (alguien) acercarse a (alguien)
criar guardar o cuidar a alguien cuando niño
almohada saco lleno de materia blanda que se usa para reclinar la cabeza o sentarse. *Ejemplo:* Hay almohadas en la cama.
cauto que tiene cuidado o precaución
en alto levantado sin tocar en el suelo
abrirle por medio cortarle por el medio
asimismo de la misma manera
temeroso que teme o tiene miedo
librar dejar libre a alguien de un peligro o trabajo; *cfr.* **libertad**
descargar dar
colérico furioso; *cfr.* **cólera**
volverse cambiar de dirección
torcer hacer cambiar de dirección
daño mal
alzar levantar
descargar sobre dar golpes a

aquello le tocaba a él legítimamente, como despojos de la batalla que su señor don Quijote había ganado. En eso los criados le atacaron a Sancho, y le maltrataron tanto que quedó tendido en el suelo sin aliento ni sentido.

Entretanto, don Quijote estaba hablando con la señora del coche, diciéndole: — Hermosa señora mía, ya la soberbia de vuestros robadores está en el suelo, postrada por este fuerte brazo mío; sabed que yo me llamo don Quijote de la Mancha, caballero andante y aventurero, y cautivo de la sin par y hermosa doña Dulcinea del Toboso; y en pago del beneficio que de mí habéis recibido, no quiero otra cosa sino que volváis al Toboso, y que de mi parte os presentéis ante esta señora y le digáis lo que por vuestra libertad he hecho.

III

Todo esto que don Quijote decía, lo escuchaba un escudero de los que acompañaban el coche, quien era vizcaíno; el cual, viendo que no quería dejar pasar el coche adelante, sino que decía que luego había de dar la vuelta al Toboso, se fue para don Quijote, y asiéndole de la lanza, le dijo: — ¡Por el Dios que me crió, si no dejas pasar el coche, te mato!

Don Quijote, arrojando la lanza en el suelo, sacó su espada y atacó al vizcaíno con determinación de quitarle la vida. El vizcaíno, así que le vio venir, no pudo hacer otra cosa sino sacar su espada. Hallándose junto al coche tomó una almohada que le sirvió de escudo, y luego se fueron el uno para el otro, como si fueran dos mortales enemigos.

Don Quijote dio un gran grito, diciendo: — ¡Oh señora de mi alma, Dulcinea, flor de la hermosura, socorred a este vuestro caballero, que, por satisfacer a vuestra mucha bondad, en este riguroso peligro se halla!

El vizcaíno le aguardó, bien cubierto de su almohada. Venía, pues, don Quijote contra el cauto vizcaíno, con la espada en alto, con determinación de abrirle por medio; y el vizcaíno le aguardaba, asimismo levantada la espada. Todos los presentes estaban temerosos de lo que había de venir. La señora del coche y las demás criadas suyas estaban rogando a Dios que librase a su escudero y a ellas de aquel gran peligro en que se hallaban.

IV

El primero que fue a descargar el golpe fue el colérico vizcaíno, y lo dio con tanta fuerza y tanta furia, que, si no se le volviese la espada en el camino, aquel solo golpe sería bastante para dar fin a la batalla y a todas las aventuras de nuestro caballero; mas la buen fortuna torció la espada de su adversario, de modo que no le hizo otro daño que desarmarle, llevándole gran parte de la celada, con la mitad de la oreja.

Nuestro caballero, viéndose maltratar de aquella manera, se alzó de nuevo en los estribos. Levantando la espada con las dos manos, descargó sobre el

echar emitir o hacer salir (un líquido)
sangre líquido que circula por las arterias y las venas
saltar arrojarse de un sitio alto para caer de pie
rendirse no continuar más resistencia en la guerra, dando la victoria a otro
turbado confuso o desconcertado
en fe de seguro de
vencedor persona que ha obtenido una victoria

vizcaíno, con tal furia que comenzó a echar sangre por las narices y por la boca y por los oídos, y cayó a tierra. Como le vio caer don Quijote, saltó de su caballo, y poniéndole la punta de la espada en los ojos, le dijo: — ¡Ríndete; si no, te corto la cabeza!

Estaba el vizcaíno tan turbado que no podía responder palabra. Él lo habría pasado mal, si las señoras del coche no hubieran ido a donde estaba don Quijote, y le hubieran pedido que les hiciese el favor de perdonar la vida a su escudero. A lo cual respondió don Quijote con mucha gravedad: — Por cierto, hermosas señoras, yo estoy muy contento de hacer lo que me pedís; mas ha de ser con una condición, y es que este caballero me ha de prometer ir al lugar del Toboso y presentarse de mi parte ante la sin par doña Dulcinea, para que ella haga de él lo que más le guste.

Las temerosas y desconsoladas señoras, sin preguntar quién era Dulcinea, le prometieron que el escudero haría todo aquello.

— Pues en fe de esa palabra, — respondió galantemente el vencedor, — yo no le haré más daño.

Preguntas

I

1 ¿Con qué se encuentra don Quijote al volver al camino?
2 ¿Por qué dice el texto que vienen los frailes sobre dos dromedarios?
3 ¿Qué se sabe de la señora que viene en el coche?
4 ¿Cómo interpreta don Quijote lo que ve?
5 ¿Por qué dirá Sancho que esta aventura será peor que la anterior?
6 ¿Cómo explica don Quijote la opinión distinta que tiene Sancho?
7 ¿Qué dice don Quijote al ponerse en la mitad del camino?
8 ¿Qué pasará si no le obedecen los frailes?

II

1 ¿Por qué quedan estupefactos los frailes?
2 ¿Qué cosa no saben los frailes?
3 ¿Por qué no resulta muerto el primer fraile cuando lo ataca ferozmente don Quijote?
4 ¿Qué hace entonces el segundo fraile?
5 ¿Por qué empieza a quitarle los hábitos Sancho al fraile caído?
6 ¿Cómo reaccionan los criados del fraile al ver lo que pasa?
7 ¿Dónde está don Quijote entretanto?
8 ¿Qué pide éste a la señora del coche?

III

1 ¿Por qué se enoja el vizcaíno al oír lo que dice don Quijote?
2 ¿Por qué arroja don Quijote la lanza en el suelo?
3 ¿Por qué lo ataca don Quijote?
4 ¿Qué detalle ridículo se ve en la batalla?
5 ¿A quién se dirige don Quijote antes de atacar?
6 ¿Por qué lo hace?
7 ¿Dónde tienen la espada los combatientes al atacarse?
8 ¿Qué temen los que observan la escena?

IV

1 ¿Quién recibe el primer golpe en la batalla?
2 ¿Por qué dice el narrador que casi terminó la historia en este momento?
3 ¿Por qué no queda muerto don Quijote del golpe?
4 ¿Cuáles sí que son las consecuencias de este golpe?
5 ¿Qué hace don Quijote cuando cae herido al suelo el vizcaíno?
6 ¿Cómo reacciona éste a su situación?
7 ¿Por qué le da don Quijote la libertad?
8 ¿Es ésta la primera vez que don Quijote ha salido vencedor en una aventura?

Ejercicio 1

Pronombres: complemento directo e indirecto

Don Quijote *le* dijo que cuando vio la venta *la* tomó por castillo.

A *Cambie las oraciones siguientes según el modelo.*

Ejemplo: Sancho quitó los despojos *al fraile.*
Sancho *le* quitó los despojos.

1 Don Quijote no halla *sus libros* al despertarse.
2 Don Quijote promete una ínsula *a Sancho.*
3 Sancho no ve *los gigantes.*
4 El vizcaíno no conoce *a Dulcinea.*
5 Sancho lleva *unas alforjas* en su burro.
6 Sancho daba muchos gritos *a su amo.*
7 Don Quijote decide atacar *a los gigantes.*
8 El viento mueve *las aspas* con toda furia.
9 El cura explica su plan *al ama y a la sobrina.*
10 Pasan *la noche* entre unos árboles.
11 Don Quijote quiere buscar *más aventuras* por el camino.
12 Cuatro o cinco hombres acompañan *el coche.*
13 El vecino decide ayudar *al pobre hidalgo.*
14 Don Quijote dirige unas palabras *a los frailes.*
15 El herido comienza a echar *sangre* por las narices.

B *Complete las oraciones siguientes para que tengan sentido, según el modelo.*

Ejemplo: Don Quijote ve *la venta* y . . . (visitar)
Don Quijote ve la venta y *decide visitarla.*

16 Don Quijote hace de nuevo *la celada* pero . . . (probar)
17 El cura examina *los libros de don Quijote* y . . . (quemar)
18 Don Quijote ve *a unas mujeres* a la puerta y . . . (hablar)
19 El ventero pregunta si lleva *dinero* pero don Quijote . . . (traer)
20 Don Quijote habla con *el ventero* y . . . (pedir un favor)
21 Don Quijote deja *sus armas* sobre la pila pero el arriero . . . (quitar)
22 El ventero necesita *un libro* y un muchacho . . . (buscar)
23 Juan Haldudo debe dinero a *Andrés* pero . . . (pagar)
24 Don Quijote habla de *Dulcinea* pero los mercaderes . . . (conocer)
25 Al ver *los molinos de viento,* don Quijote . . . (atacar)

Ejercicio 2

Estructura: *ver* o *oír* + infinitivo + complemento directo

Don Quijote *vio acercarse* a unos mercaderes.

Combine la primera oración con lo que sigue para formar una segunda oración según el modelo.

Ejemplo: *Se acercan* unos mercaderes.
Don Quijote ve *acercarse a unos mercaderes.*

1 Llega el cura.
Don Quijote ve . . .
2 Sale don Quijote por el corral.
Nadie ve . . .
3 Don Quijote llega a la venta.
Las mujeres ven . . .
4 Grita un muchacho joven.
Don Quijote oye . . .
5 Don Quijote se marcha sin pagar.
El ventero ve . . .
6 Don Quijote se cae de Rocinante.
Sancho ve . . .
7 El muchacho se queja mucho.
Don Quijote oye . . .
8 Don Quijote desaparece en el bosque.
Andrés ve . . .

Ejercicio 3

Oraciones originales

1 detrás / coche / venir / frailes / montado / mulas
2 religiosos / detener / riendas / al / palabras / oír
3 Sancho / tratar / quitar / despojos / batalla / fraile
4 no / don Quijote / querer / dejar / pasar / coche
5 tomar / almohada / coche / para / escudo / servir
6 golpe / vizcaíno / cortar / mitad / oreja / don Quijote
7 don Quijote / descargar / golpe / espada / sobre / vizcaíno
8 señoras / pedir / favor / perdonar / vida / escudero

Ejercicio 4

Conocer / saber

El vecino *conoce* a don Quijote.
— Ya te he dicho, Sancho, que *sabes* poco de caballerías.

Complete las oraciones siguientes escogiendo o conocer *o* saber *según le parezca necesario.*

1 Don Quijote . . . que Sancho es muy pacífico.
2 El cura no . . . a Dulcinea.
3 La sobrina . . . que su tío es un loco.
4 Parece que el porquero . . . tocar el cuerno.
5 Don Quijote . . . a Andrés después de salir de la venta.
6 Don Quijote no . . . quien va en el coche.
7 Juan Haldudo . . . que don Quijote no le hará daño.
8 Don Quijote . . . muy bien los libros de caballería.

Ejercicio 5

Para completar

1 Al ver el coche con los hombres, se imagina don Quijote que dentro hay . . .
2 Don Quijote amenaza a los frailes con palabras duras y severas porque cree . . .
3 Cuando el segundo fraile vio cómo maltrataba a su compañero, . . .
4 Después los criados trataron tan mal a Sancho que éste quedó . . .
5 Si la señora del coche hace lo que le manda, don Quijote tendrá que . . .
6 Ante las palabras del vizcaíno, don Quijote saca su espada con determinación de . . .
7 Entretanto todos los presentes estaban temerosos de lo que . . .
8 El golpe que le dio el vizcaíno a don Quijote fue suficiente para . . .
9 Cuando vio don Quijote al vizcaíno tendido en el suelo, se acercó a él y le puso . . . en los ojos.
10 Don Quijote dice que va a . . . al vizcaíno si no se rinde.

venganza acción de vindicar o satisfacerse de un daño o mal
discurso serie de palabras que expresan el pensamiento
se vieron maltratar de vieron que los maltrataban
distraído que no pone atención en lo que pasa
real del rey
atravesado puesto de un lado al otro
qué tenía qué le pasaba
dar una caída caer
caritativo que siente compasión y caridad por otro
asturiano de la región de Asturias que está muy al norte de España
emplastar aplicar emplastos al cuerpo como cura; **emplasto** = substancia medicinal adhesiva
de arriba abajo desde lo más alto hasta lo más bajo
alumbrar iluminar

8 El castillo encantado

I

Después de la batalla con el vizcaíno, don Quijote estuvo presente en varios incidentes aunque sin tomar parte activa en ellos. Un día, mientras el caballero y su escudero comían tranquilamente, vieron que unos arrieros maltrataban al pobre Rocinante, y don Quijote dijo a Sancho:

— Éstos no son caballeros, amigo Sancho, sino gente baja; lo digo, porque bien me puedes ayudar a tomar venganza de la ofensa que se le ha hecho a Rocinante.

— ¿Qué diablos de venganza hemos de tomar, — respondió Sancho, — si ellos son más de veinte, y nosotros no más que dos y aun tal vez uno y medio?

Sin hacer más discursos, don Quijote tomó su espada y atacó a los arrieros, y lo mismo hizo Sancho Panza incitado por el ejemplo de su amo.

Los arrieros, que se vieron maltratar de aquellos dos hombres solos siendo ellos tantos, comenzaron a darles golpes con gran vehemencia, hasta que arrojaron a don Quijote y Sancho al suelo. Viendo los arrieros lo que habían hecho, siguieron su camino, dejando a nuestros aventureros de muy mal humor y casi muertos.

Sancho pasó mucho tiempo lamentándose, y al fin se levantó como pudo y preparó su asno que había andado distraído con la libertad de aquel día. Levantó luego a Rocinante, que si tuviera lengua con que quejarse se lamentaría tanto como Sancho.

Finalmente, Sancho acomodó a don Quijote sobre el asno, y se encaminó poco más o menos hacia el camino real.

II

No habían andado mucho cuando descubrieron una venta. Don Quijote insistía en que era castillo, mientras que Sancho estaba seguro de que era venta. Salió el ventero, y viendo a don Quijote atravesado en el asno, preguntó a Sancho qué tenía. Sancho le respondió que no era nada, sino que había dado una caída de una roca y que tenía unas ligeras contusiones. La mujer del ventero, la que era muy caritativa, acudió a curar a don Quijote, e hizo que una hija suya le ayudase a curar a su huésped. Servía en la venta asimismo una moza asturiana, y ella ayudó a las otras, y las tres hicieron una muy mala cama a don Quijote.

En esta muy desagradable cama, se acostó don Quijote, y luego la ventera y su hija le emplastaron de arriba abajo, alumbrándoles Maritornes, que así se

pico punta o parte aguda
doler causar aflicción, molestia o dolor
dar palos dar golpes; *cfr.* **apalear**
torre construcción muy alta y delgada característica de ciertos edificios como los castillos y las iglesias
lisiado herido; *cfr.* **lesión**
hermano amigo (manera informal de dirigirse a otro)
desafortunado sin fortuna o de mala suerte
corona adorno de metales preciosos que lleva el rey en la cabeza como símbolo de su título
siquiera por lo menos
condado territorio de conde o condesa
recobrar recuperar
esperanza aspiración o lo que se espera
atento con atención

llamaba la asturiana. La ventera, al ver las muchas contusiones, dijo que más parecían golpes que caída.

— No fueron golpes, — dijo Sancho, — sino que la roca tenía muchos picos, y que cada uno había hecho su herida; además, me duele a mí también un poco todo el cuerpo.

— De esa manera, — respondió la ventera, — también debiste tú de caer.

— No caí, — dijo Sancho Panza, — sino que de la excitación de ver caer a mi amo, de tal manera me duele a mí el cuerpo, que me parece que me han dado mil palos.

III

— Bien podrá ser eso, — dijo la muchacha; — que a mí me ha ocurrido muchas veces soñar que caía de una torre abajo, y que nunca acababa de llegar al suelo. Cuando me despertaba del sueño, me hallaba tan lisiada como si verdaderamente hubiera caído.

— Y yo, señora, — respondió Sancho Panza, — sin soñar nada, sino estando más despierto que ahora, me hallo con pocas menos contusiones que mi señor don Quijote.

— ¿Cómo se llama este caballero? — preguntó la asturiana Maritornes.

— Don Quijote de la Mancha, — respondió Sancho Panza, — y es caballero aventurero, y de los mejores y más fuertes que se han visto en el mundo.

— ¿Qué es caballero aventurero? — replicó la moza.

— ¿Tan nueva eres en el mundo, que no lo sabes tú? — respondió Sancho Panza; — pues sabe, hermana mía, que caballero aventurero es una cosa que en dos palabras se ve apaleado y emperador: hoy es la más desafortunada criatura del mundo y la más pobre, y mañana tendrá dos o tres coronas de reinos que dar a su escudero.

— Pues ¿cómo es que tú, siendo amigo de este tan buen señor, — dijo la ventera, — no tienes, a lo que parece, siquiera algún condado?

IV

— Aun es temprano, — respondió Sancho, — porque no hace más que un mes que andamos buscando aventuras, y hasta ahora no hemos encontrado ninguna que lo sea, y alguna vez ocurre que se busca una cosa y se halla otra; verdad es que si mi señor don Quijote se recobra de esta herida a caída, y yo no quedo incapacitado, no cambiaría mis esperanzas con el mejor título de España.

Toda esta conversación estaba escuchando muy atento don Quijote, y sentándose en la cama como pudo, tomó la mano de la ventera, y le dijo:

— Créame, hermosa señora, que se puede llamar afortunada por haber alojado en este castillo a mi persona. Mi escudero le dirá quién soy. Yo sólo le

durar continuar siendo
ofrecimiento fórmula social
obscuridad falta de luz

digo que tendré eternamente escrito en mi memoria el servicio que vuestra merced me ha hecho para agradecérselo mientras la vida me dure.

Confusas estaban la ventera y su hija y la buena Maritornes oyendo las palabras del andante caballero; y aunque ellas no las podían comprender, sospecharon que eran ofrecimientos y cortesías. La asturiana Maritornes curó a Sancho, que lo necesitaba no menos que su señor.

Cuando llegó la noche, toda la venta estaba en silencio y sin luz. Don Quijote imaginó que estaba en un famoso castillo, y que la hija del señor del castillo se había enamorado de él. En esto, pasó Maritornes cerca de don Quijote; éste trató de detenerla; ella gritó, y vinieron el ventero y un arriero a defenderla. En la obscuridad, don Quijote y Sancho recibieron mil golpes.

Preguntas

I

1 ¿Qué le pasa a Rocinante otro día?
2 ¿Por qué le invita don Quijote a Sancho a tomar parte en la aventura con los arrieros?
3 ¿Por qué se resiste Sancho a hacerlo?
4 ¿Quién será el 'medio' de que habla?
5 ¿Cómo se explica que al fin decide imitar a su amo?
6 ¿Por qué atacan los arrieros a don Quijote?
7 ¿Cuál es el resultado de esta batalla?
8 ¿Cómo reacciona Sancho a lo que le pasa?

II

1 ¿Por qué cosa toma don Quijote la venta a donde llegan?
2 ¿En qué condiciones llega allí?
3 ¿Por qué no dice Sancho la verdad de lo que tiene don Quijote?
4 ¿Quiénes están en la venta para ayudar a don Quijote?
5 ¿Qué hacen estas personas?
6 ¿Cómo explica Sancho las heridas que tiene su amo?
7 ¿Qué explicación da por sus propias heridas?

III

1 ¿Qué experiencia ha tenido la muchacha semejante a la explicación que inventa Sancho?
2 ¿Por qué se ha hallado lisiada al despertarse?
3 ¿Qué ironía tienen las palabras de Sancho "y yo, señora . . ."?
4 ¿Cómo describe Sancho a su amo?
5 ¿En qué sentido habla Sancho aquí como ha hablado don Quijote antes?
6 ¿Qué contraste hace Sancho al definir lo que es un caballero andante?
7 ¿Hasta qué punto ha sacado Sancho la idea de este contraste de su propia experiencia como escudero de don Quijote?

IV

1 ¿Cómo responde Sancho a la pregunta que le hace Maritornes sobre su condado?
2 ¿Por qué parece que Sancho sigue muy optimista como escudero?
3 ¿Por qué debe sentirse afortunada la ventera, según don Quijote?
4 ¿Por qué quedan confusas las mujeres ante las palabras de don Quijote?
5 ¿Por qué acostumbra don Quijote causar tanta confusión?
6 ¿Qué pasa durante la noche?
7 ¿En qué sentido tiene Sancho un papel más activo en este episodio que en otros?
8 ¿Qué relación hay entre el sueño de que habla la muchacha y el mundo imaginario que ve don Quijote?

Ejercicio 1

ser / estar

Complete las oraciones siguientes con ser *o* estar *en el presente.*

1 — Estas no . . . caballeros sino gente baja.
2 La ventera cura a don Quijote, pues . . . muy caritativa.
3 Toda la venta . . . en silencio y sin luz.
4 — Este se llama don Quijote y . . . caballero andante.
5 Don Quijote se imagina que . . . en un famoso castillo.
6 Al ver la venta, don Quijote insiste en que . . . castillo.
7 Sancho . . . seguro de que no . . . verdad.
8 Cuando le preguntan por las contusiones, Sancho responde que no . . . nada.
9 Sancho declara que recibe contusiones cuando . . . despierto.
10 Sancho no quiere tomar venganza porque los arrieros . . . más de veinte.
11 La ventera y su hija . . . muy confusas.
12 Don Quijote . . . contento con la recepción que le dan.
13 Un caballero . . . a veces una persona desafortunada.
14 Don Quijote . . . en cama cuando trata de detener a Maritornes.
15 Las mujeres sospechan que sus palabras . . . cortesías.

Ejercicio 2

Estructura: comparación con *mas o menos* + *que*

Las contusiones le parecían más golpes que caída.
Sancho tiene menos contusiones que don Quijote.

Combine las dos oraciones en una sola oración según el modelo.

Ejemplo: Sancho es alto. Don Quijote es *más* alto.
Don Quijote es *más* alto *que* Sancho.

1 El ventero es caritativo. La ventera es más caritativa.
2 Otros caballeros son fuertes. Don Quijote es más fuerte.
3 Su amo es valiente. Sancho es menos valiente.
4 Sancho está lisiado. Don Quijote está más lisiado.
5 Otros se ven apaleados. Don Quijote se ve más apaleado.
6 El viento corre ligero. Sancho corre más ligero.
7 Andrés recibe golpes antes. Después recibe más golpes.
8 Don Quijote tiene suerte. El vizcaíno tiene menos suerte.
9 El vizcaíno echa sangre por las narices. Echa menos sangre por los oídos.
10 Don Quijote come. Sancho come más.

Ejercicio 3

Estructura: infinitivo + pronombres de complemento

Después de meditar mucho { *lo vino a llamar* Rocinante.
vino a llamarlo Rocinante. }

Cambie las oraciones siguientes según el modelo.

Ejemplo: *Decidió venderlas* para comprar libros.
Las decidió vender para comprar libros.

1 *Quería ponerse* otro nombre también.
2 *Vino a llamarla* Dulcinea del Toboso.
3 *Trató de limpiarlas* lo mejor que pudo.
4 En ese momento *decidió atacarlos.*
5 *Comenzó a hablarles* sobre sus libros.
6 *Quiero pedirle* a usted un favor.

7 El vecino *fue a subirlo* sobre su burro.
8 Dijo que *debía pagarle* su salario.
9 *Volvió a pasearse* con el mismo reposo.
10 Les dijo que *habían de creerlo* sin verlo.

Ejercicio 4

Para completar

1 Sancho no quiere entrar en batalla con los arrieros porque éstos son . . .
2 Cuando los arrieros vieron cómo dejaban a don Quijote y a Sancho, decidieron . . .
3 Cuando la gente de la venta vio a don Quijote atravesado en el asno de Sancho, le preguntaron a éste . . .
4 La ventera tenía la impresión de que las contusiones de don Quijote . . .
5 Sancho atribuye sus propias heridas a la excitación que sintió al ver . . .
6 La muchacha recuerda que con frecuencia ha soñado que . . .
7 Sancho describe a su amo diciendo que un día es muy pobre y de mala suerte y al día siguiente tiene . . . para dar a su escudero.
8 Sancho revela su filosofía rústica al observar que muchas veces se busca una cosa y . . .
9 Según don Quijote la ventera debe considerarse afortunada porque . . .
10 Cuando Maritornes se acercó a la cama de don Quijote, le pareció esto confirmación de que la hija del ventero . . .

Ejercicio 5

Oraciones originales

1 don Quijote / desear / venganza / tomar / ofensa / arrieros
2 Sancho / acomodar / don Quijote / asno / seguir / camino
3 mujer / ventero / acudir / curar / heridas / huésped
4 mozas / hacer / cama / emplastar / contusiones / don Quijote
5 muchacha / encontrarse / lisiado / después / soñar / caídas
6 hacer / mes / don Quijote / buscar / aventuras
7 después / sentarse / cama / tomar / mano / ventera
8 cuando / tratar / detener / Maritornes / dar / grito

pobre de mí *Cfr.* la construcción **el pobre de don Quijote** o **el tonto de Sancho** donde **de** no tiene correspondencia en inglés
no hay que (hacer algo) no se debe (hacer algo)
hacer caso de (algo) prestar atención a (algo)
tardanza el tiempo que se usa para hacer algo; *cfr.* **tardar**
oficio profesión
poco pueden tienen poca capacidad para hacer algo
vengar tomar venganza o satisfacción de un daño
perfidia lo que hace un traidor
repasar examinar
confiar decir una cosa a alguien en confianza
gasto lo que se consume
contravenir desobedecer u obrar en contra de lo que se manda
derecho justicia o razón
inclemencias el mal tiempo del invierno como el frío y el viento
poco tengo yo que ver en eso a mí no me importa mucho eso

9 Sancho vuela por el aire

I

A la mañana siguiente don Quijote llamó a su escudero, diciendo: — Sancho amigo, ¿duermes? ¿duermes, amigo Sancho?

— ¡Cómo puedo dormir, pobre de mí! — respondió Sancho lleno de tristeza y de ira. — No parece sino que todos los diablos me han visitado esta noche.

— Puedes creerlo así sin duda, — respondió don Quijote; — porque, o yo sé poco, o este castillo es encantado. Pero no hay que hacer caso de estas cosas de encantamientos porque son invisibles.

Con poca tardanza montaron los dos a caballo. Don Quijote, poniéndose a la puerta de la venta, llamó al ventero, y con voz muy tranquila y grave le dijo; — Muchos y muy grandes son los favores, señor alcaide, que en este castillo he recibido, y estoy obligadísimo a agradeceroslos todos los días de mi vida. Si os los puedo pagar destruyendo a algún enemigo que os haya ofendido, sabed que mi oficio no es otro sino defender a los que poco pueden, y vengar a los que reciben ofensas, y castigar perfidias. Repasad vuestra memoria, y si halláis alguna cosa de este género que confiarme, no hay sino decirla. Yo os prometo, por la orden de caballería que recibí, vengar la ofensa completamente.

El ventero le respondió con la misma calma: — Señor caballero, yo no tengo necesidad de que vuestra merced me vengue ninguna ofensa, porque yo sé tomar la venganza que me parece cuando se me hace. Sólo quiero que vuestra merced me pague el gasto que esta noche ha hecho en la venta.

— Luego ¿venta es ésta? — replicó don Quijote.

— Y muy honrada, — respondió el ventero.

II

— En error he vivido hasta aquí, — respondió don Quijote. — En verdad que pensé que era castillo, y no malo; pero, pues es así que no es castillo, sino venta, lo que se podrá hacer por ahora es que perdonéis por la paga; porque yo no puedo contravenir a la órden de los caballeros andantes, de los cuales sé cierto (sin que hasta ahora haya leído cosa en contrario) que jamás pagaron ninguna cosa en venta donde estuviesen. Se les debe de ley y de derecho cualquier buena hospitalidad que se les haga, en pago del insufrible trabajo que sufren buscando las aventuras de noche y de día, en invierno y en verano, a pie y a caballo, con sed y con hambre, con calor y con frío, sujetos a todas las inclemencias del cielo y a todas las incomodidades de la tierra.

— Poco tengo yo que ver en eso, — respondió el ventero. — Págueseme lo

dejarse de (algo) no continuar con (algo)
cobrar recibir dinero como pago de algo
hostelero ventero
alejar apartar o separar; *cfr.* **lejos**
regla norma o principio
correr por corresponder a
amenaza indicación de que uno quiere hacerle daño a otro
cardador persona que limpia las fibras textiles
Segovia ciudad que está al norte de Madrid
industrial persona que se dedica al comercio
Córdoba ciudad que está por el río Guadalquivir en Andalucía
juguetón inclinado a jugar
echar arrojar o depositar
manta pedazo rectangular de materia textil que se usa en la cama para protegerse del frío
techo parte que cubre un edificio o un cuarto
entretenerse divertirse

que se me debe, y dejémonos de cuentos de caballería. No me interesa otra cosa que cobrar mis cuentas.

— Vuestra merced es un estúpido y mal hostelero, — respondió don Quijote; y dando de espuelas a Rocinante salió de la venta sin que nadie le detuviese; y él, sin mirar si le seguía su escudero, se alejó una buena distancia. El ventero, que le vio ir y que no le pagaba, acudió a cobrar a Sancho Panza. Éste dijo que pues su señor no había querido pagar, que tampoco él pagaría, porque siendo él escudero de caballero andante, como era, la misma regla corría por él como por su amo, en no pagar cosa alguna en las ventas.

III

El ventero se puso muy irritado, y le hizo terribles amenazas. Sancho respondió que, por la ley de caballería que su amo había recibido, no pagaría nada, aunque le costase la vida, porque no había de perder por él la buena y antigua usanza de los caballeros andantes, ni habían de quejarse de él los escuderos de los que habían de venir al mundo, reprochándole la infracción de tan justa ley.

Quiso la mala fortuna de Sancho que, entre la gente que estaba en la venta, se hallasen cuatro cardadores de Segovia, tres industriales de Córdoba, y dos vecinos de Sevilla, gente alegre, bien intencionada, y juguetona. Éstos, casi como instigados y movidos de un mismo espíritu, se acercaron a Sancho, y bajándole del asno, le echaron en la manta de la cama del ventero. Levantaron los ojos y vieron que el techo era algo más bajo de lo que era necesario para su obra, y decidieron salir al corral, que tenía por límite el cielo; y allí, puesto Sancho en mitad de la manta, comenzaron a levantarle en alto, y a entretenerse con él.

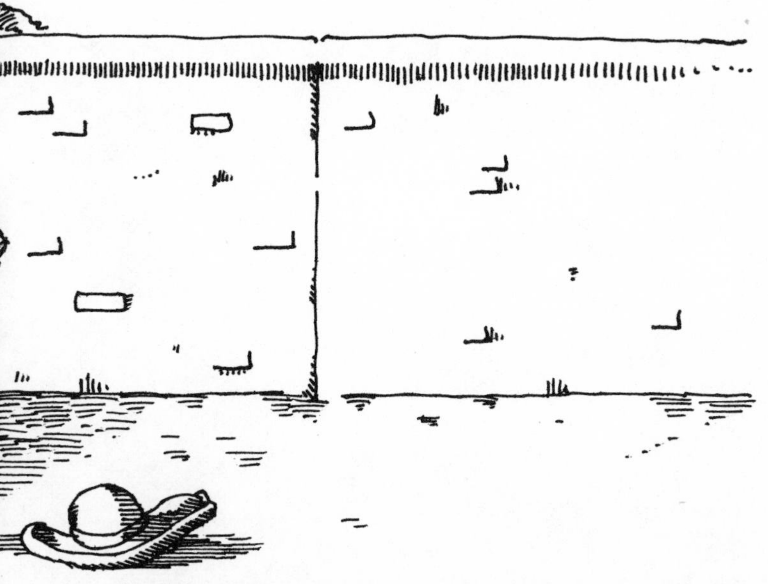

mísero pobre o miserable
rodear andar alrededor o por todos los lados
presteza rapidez
encima sobre
cesar de dejar de hacer cierta cosa
risa acción de reír
volador persona que viaja por el aire volando
queja lamento
mezclar incorporar
ya . . . ya . . . (*conjunción que indica alternación*)
ruego petición; *cfr.* **rogar**
gabán abrigo (ropa exterior)
jarro recipiente para líquidos más grande que un vaso
bálsamo líquido aromático que fluye de ciertos árboles y que se usa a veces como medicina
gota pequeña porción de un líquido
sanar recobrar la salud
trago porción de líquido que se bebe
mismo propio
dar piernas (a una caballería) estimularla para que corra rápido

Los gritos que el mísero escudero daba fueron tantos, que llegaron a los oídos de su amo, el cual, deteniéndose a escuchar atentamente, creyó que alguna nueva aventura le venía, hasta que claramente conoció que el que gritaba era su escudero. Volviendo las riendas, con trabajoso galope llegó a la venta. Hallándola cerrada, la rodeó, por ver si hallaba por dónde entrar.

IV

Pero tan pronto como llegó a las paredes del corral, que no eran muy altas, vio el mal juego que hacían a su escudero. Le vio bajar y subir por el aire con gracia y presteza. Trató de subir desde el caballo a las paredes; pero estaba tan lisiado, que aun bajar no pudo. Y así, desde encima del caballo comenzó a decir tantos insultos y afrentas a los que a Sancho maltrataban, que no es posible escribirlos; mas no por esto cesaban ellos de su risa y de su obra, ni el volador Sancho dejaba sus quejas, mezcladas, ya con amenazas, ya con ruegos. Al fin le dejaron cuando estuvieron cansados. Le trajeron allí su asno, y subiéndole encima, le vistieron con su gabán. La compasiva Maritornes, viéndole tan fatigado, le dio un jarro de agua. Lo tomó Sancho, y llevándolo a la boca, se detuvo a los gritos que su amo le daba, diciendo: — Hijo Sancho, no bebas agua; hijo, no la bebas, que te matará. Ves, aquí tengo un excelente bálsamo que con dos gotas que de él bebas, sanarás sin duda.

A estos gritos dijo Sancho: — Guárdese su licor con todos los diablos, y déjeme a mí.

Y el acabar de decir esto y el comenzar a beber, fué todo uno. Mas como al primer trago vio que era agua, no quiso continuar, y rogó a Maritornes que le trajese vino. Ella lo hizo de muy buena voluntad y lo pagó de su mismo dinero. Así que hubo bebido Sancho, dio las piernas a su asno, y abriéndole la puerta de la venta, salió de ella, muy contento de no haber pagado nada, aunque había sido a costa de sus espaldas.

Preguntas

I

1 ¿Por qué no puede dormir Sancho?
2 ¿Por qué cree don Quijote que el castillo es encantado?
3 ¿Por qué montan a caballo don Quijote y Sancho?
4 ¿Por qué está obligado don Quijote al ventero?
5 ¿Qué paga está dispuesto don Quijote a dar al ventero?
6 ¿Cómo es el oficio de don Quijote, según él mismo?
7 ¿Qué es lo que quiere el ventero?

II

1 ¿Qué tal le ha parecido el castillo a don Quijote?
2 ¿Qué excusa da don Quijote por no pagar al ventero?
3 ¿Por qué no pagaban nunca los caballeros andantes?
4 ¿Por qué le parece difícil a don Quijote la vida del caballero andante?
5 ¿Qué le interesa más al ventero que los cuentos de caballerías?
6 ¿Por qué se dirige el ventero a Sancho?
7 ¿Por qué se niega éste también a pagar nada?

III

1 ¿Qué hace el ventero cuando Sancho le responde así?
2 ¿Cómo explica Sancho su decisión a no pagar nada?
3 ¿Qué otra gente hay en la venta en este momento?
4 ¿Por qué deciden maltratar a Sancho?
5 ¿Por qué tienen que salir al aire libre?
6 ¿Qué significa 'mantear' a alguien?
7 ¿Qué hace don Quijote al ver cómo tratan a su escudero?

IV

1 ¿Qué ve don Quijote al acercarse a la venta?
2 ¿Por qué no puede ayudar a su escudero?
3 ¿Por qué no hacen caso los manteadores de los gritos de don Quijote?
4 ¿Qué hacen cuando dejan de mantear a Sancho?
5 ¿Qué le ofrece don Quijote a Sancho en lugar de agua?
6 ¿Por qué está enojado Sancho con don Quijote?
7 ¿Cómo se comporta Maritornes en este episodio?
8 ¿Qué elemento de ambivalencia se ve al final de este episodio?

Ejercicio 1

Estructura: verbos intransitivos + complemento indirecto

Le duele a Sancho todo el cuerpo.
No *le* gustan a la sobrina los libros de caballerías.

Complete las oraciones siguientes según el modelo, usando el verbo que se encuentra entre paréntesis.

Ejemplo: A don Quijote . . . necesario hacerse caballero. (parecer)
A don Quijote *le parece* necesario hacerse caballero.

1 A Juan Haldudo . . . una oveja. (faltar)
2 A don Quijote y a Sancho no . . . nada al día siguiente. (ocurrir)
3 A don Quijote no . . . peligroso atacar a los gigantes. (parecer)
4 Al vecino sólo . . . cobrar su dinero. (interesar)
5 . . . ahora a Sancho entrar en batalla. (tocar)
6 A don Quijote . . . después buscarse una dama. (faltar)
7 A Juan Haldudo no . . . mucho las amenazas de don Quijote. (importar)
8 . . . mucho a don Quijote la oreja. (doler)
9 Al mozo de mulas . . . mucho la arrogancia de don Quijote. (molestar)
10 No . . . nada a Sancho encontrarse manteado. (gustar)

Ejercicio 2

Oraciones originales

1 acercarse / puerta / venta / despedirse / ventero
2 ventero / necesitar / no / ayuda / tomar / venganza
3 caballeros / sufrir / trabajo / buscar / aventuras / mundo
4 nadie / poder / detener / don Quijote / cuando / salir / venta
5 escuderos / otro / haber de / quejarse / no / Sancho
6 gente / poner / Sancho / mitad / manta / divertirse
7 tratar / subir / paredes / corral / ayudar / Sancho
8 poner / Sancho / gabán / después / subir / asno

Ejercicio 3

Estructura: verbo + *de* + infinitivo

Don Quijote *trató de subir* sobre las paredes pero no pudo.

Haga por lo menos 10 oraciones, escogiendo un verbo de cada grupo para formar una sola oración. Se puede añadir cualquier vocabulario suplementario que sea necesario.

Ejemplo: Al salir *se acordó de llevar* unas camisas limpias.

VERBO CONJUGADO		VERBO EN INFINITIVO	
acabar		atacar	levantarse
acordarse		bajar	limpiar
cesar		beber	matar
dejar	+ de +	caminar	probar
disculparse		dar gritos	quejarse
terminar		detener	subir
tratar		hablar	traer

Ejercicio 4

Para completar

1 A Sancho le parece que todos los diablos . . .
2 Don Quijote dice que su oficio no es otro sino . . .
3 Don Quijote está seguro de que nunca en la historia de los caballeros andantes . . .
4 Don Quijote se aleja una buena distancia de la venta para tomar en cuenta si . . .
5 Cuando el ventero vio salir a don Quijote sin pagar, quería . . .
6 La otra gente que se encuentra en la venta en este momento parece ser . . .
7 Esta gente decide . . . porque allí será más fácil hacer la obra que tienen propuesta.
8 Cuando don Quijote oye los gritos de su escudero, inmediatamente piensa que . . .
9 Por fin los hombres decidieron dejar a Sancho porque . . .
10 Un poco después se acerca Maritornes a Sancho para . . .

Ejercicio 5

Estructura: *hacer* + infinitivo + complemento directo

La sobrina *hizo acostar* a don Quijote.
(don Quijote = a quien otro acuesta)

Combine la primera oración con lo que sigue para formar una segunda oración según el modelo.

Ejemplo: *Acuestan* a don Quijote.
La sobrina *hace acostar* a don Quijote.

1 Queman sus libros.
El cura hace . . .
2 Desata al criado.
Don Quijote hace . . .
3 Cuidan a Rocinante en la caballeriza.
Don Quijote hace . . .
4 Retiran a los heridos.
Don Quijote hace . . .
5 Venden muchas tierras para comprar libros.
Don Quijote hace . . .

ejército cuerpo militar de soldados que combaten juntos
débil de poco vigor o fuerza
atroz cruel
fantasma visión imaginaria o espíritu
fuera o no fuera aunque fuera o no fuera
hueso cada una de las partes duras que forman el esqueleto del hombre
desventura desgracia
entendimiento capacidad de entender
fuera (*aquí equivalente a* **sería**)
asunto cuestión
callar guardar silencio
andar en este ejercicio tomar parte en este asunto
igualar ser equivalente
al de = al (gusto) de
espeso denso
polvareda mucha cantidad de polvo, levantada por el viento u otra causa; **polvo** = partículas pequeñísimas de tierra o de otra sustancia seca
venidero futuro
siglo período de cien años
a esa cuenta según esos cálculos
parte dirección
llanura gran extensión de terreno plano
rebaño grupo de animales como ovejas
carnero oveja del sexo masculino

10 Don Quijote derrota dos ejércitos

I

Llegó Sancho a su amo, débil y pálido. Cuando así le vio don Quijote, le dijo:

— Ahora acabo de creer, Sancho bueno, que aquel castillo o venta es encantado, sin duda; porque aquéllos que tan atrozmente jugaron contigo, ¿qué podían ser sino fantasmas y gente del otro mundo? Y confirmo esto por haber visto que cuando estaba al otro lado de las paredes mirando los actos de tu triste tragedia, no me fue posible subir por ellas, ni pude bajar de Rocinante, porque me debían de tener encantado. Te juro que si pudiera subir, o bajar, que yo te hubiera vengado, de manera que aquellos cobardes y bandidos se acordaran de la burla para siempre.

— También me habría vengado yo si hubiera podido, fuera o no fuera armado caballero; pero no pude; aunque creo que aquéllos que se entretuvieron conmigo no eran fantasmas ni hombres encantados, como vuestra merced dice, sino hombres de carne y de hueso como nosotros. Me parece que estas aventuras que andamos buscando al fin han de traernos a tantas desventuras que no sabemos cuál es nuestro pie derecho. Y lo que sería mejor y más prudente, según mi poco entendimiento, fuera volver a nuestro lugar ahora mismo.

— ¡Qué poco sabes, Sancho, — respondió don Quijote, — de asuntos de caballería! Calla y ten paciencia; que día vendrá cuando veas qué honrosa cosa es andar en este ejercicio. Si no, dime: ¿qué mayor contento puede haber en el mundo, o qué gusto puede igualarse al de vencer una batalla y al de triunfar de un enemigo? Ninguno, sin duda alguna.

II

En esta conversación iban don Quijote y su escudero, cuando vio don Quijote que venía hacia ellos una grande y espesa polvareda. Viéndola, se volvió a Sancho y le dijo:

—Éste es el día, ¡oh Sancho!, en el cual se ha de mostrar, tanto como en otro alguno, el valor de mi brazo, y en el que he de hacer obras que queden escritas en el libro de la Fama por todos los venideros siglos. ¿Ves aquella polvareda que allí se levanta, Sancho? Pues es un copiosísimo ejército que de diversas e innumerables gentes por allí viene marchando.

— A esa cuenta, dos deben de ser — dijo Sancho; — porque de la otra parte se levanta asimismo otra semejante polvareda.

Volvió a mirarlo don Quijote, y vio que así era la verdad; y alegrándose mucho, pensó, sin duda alguna, que eran dos ejércitos que venían a atacarse y a encontrarse en mitad de aquella espaciosa llanura. Y la polvareda que había visto la levantaban dos grandes rebaños de ovejas y carneros, que por aquel

ardor vehemencia
favorecer servir
por nuestro frente hacia nosotros
conducir dirigir o guiar
Alifanfarón nombre burlesco inventado por Cervantes como lo es también **Pentapolín**
entregar poner en manos de
Mahoma fundador del Mahometismo, religión del Islam
está *imperativo familiar*
dar cuenta describir
nombrar decir el nombre de
quizá(s) tal vez o posiblemente
relinchar hacer el sonido vocal del caballo
clarín instrumento musical de viento parecido a la trompeta
tambor instrumento musical de percusión
balido sonido vocal de la oveja
sentido cada una de las cinco facultades con que el hombre percibe el mundo exterior
colina montaña pequeña
antes al contrario
ea *exclamación para dar énfasis a lo que sigue*
militar servir en el ejército
bandera porción de materia textil que constituye la insignia de una nación o de un cuerpo militar

mismo camino de dos diferentes partes venían, los cuales, con el polvo, no podían verse hasta que llegaron cerca. Y con tanto ardor afirmaba don Quijote que eran ejércitos, que Sancho vino a creerlo y a decirle:

— Señor, pues, ¿qué hemos de hacer nosotros?

— ¿Qué? — dijo don Quijote. — Favorecer y ayudar a los necesitados y débiles. Y has de saber, Sancho, que éste que viene por nuestro frente le conduce y guía el gran emperador Alifanfarón, este otro que a mis espaldas marcha es el de su enemigo el rey Pentapolín.

III

— Pues ¿por qué se quieren tan mal estos dos señores? — preguntó Sancho.

— Se quieren mal — respondió don Quijote — porque este Alifanfarón es un furioso pagano, y está enamorado de la hija de Pentapolín, que es una señora muy hermosa, y es cristiana, y su padre no quiere entregársela al rey pagano si no deja primero la ley de su falso profeta Mahoma, y se vuelve a la suya. Pero estáme atento y mira, que quiero darte cuenta de los caballeros más principales que en estos dos ejércitos vienen.

Estaba Sancho Panza atento a sus palabras, sin hablar ninguna, y de tiempo en tiempo volvía la cabeza a ver si veía a los caballeros y gigantes que su amo nombraba; y como no descubría a ninguno, le dijo:

— Señor, ni gigante, ni caballero de los que vuestra merced dice parece por todo esto; a lo menos, yo no los veo: quizá todo debe ser encantamiento.

— ¿Cómo dices eso? — respondió don Quijote. — ¿No oyes el relinchar de los caballos, el tocar de los clarines, el ruido de los tambores?

— No oigo otra cosa — respondió Sancho — sino muchos balidos de ovejas y carneros.

Y así era la verdad, porque ya llegaban cerca los dos rebaños.

— El temor que tienes — dijo don Quijote — te hace, Sancho, que ni veas ni oigas bien; porque uno de los efectos del temor es turbar los sentidos y hacer que las cosas no parezcan lo que son; y si es que tanto temes, retírate a una parte y déjame solo: que solo basto a dar la victoria a la parte a la cual yo dé mi ayuda.

IV

Y diciendo esto, puso las espuelas a Rocinante y bajó de la colina como un rayo. Sancho le gritó, diciéndole:

— Vuélvase vuestra merced, señor don Quijote; que juro a Dios que son carneros y ovejas las que va a atacar. Vuélvase.

Ni por eso volvió don Quijote; antes en altas voces iba diciendo:

— Ea, caballeros, los que seguís y militaís debajo de las banderas del valeroso emperador Pentapolín, seguidme todos: veréis cuán fácilmente le doy venganza de su enemigo Alifanfarón.

alancear herir con lanza
ganadero propietario de ciertos animales domésticos como las vacas o las ovejas
vente = *imperativo familiar de* **venir** + **te**
redondo de forma circular o esférica
darle en (el cuerpo) golpearle en (el cuerpo)
sepultar sumergir o hacer penetrar como en una tumba
costilla cada uno de los huesos largos que forman la cavidad pectoral
muela diente que sirve para moler; *cfr.* **molino**
ganado animales domésticos como las ovejas o las vacas; *cfr.* **ganadero**
cargar poner cosas sobre un vehículo o animal para transportarlas
locura cosa que hace un loco
perseguir seguir a una persona que se escapa para capturarla
envidioso que siente envidia
convencer persuadir con argumentos
ser condición
pintar describir
proveedor el que da o provee lo que se necesita
alojar tener alojamiento o habitación
manteador el que arroja repetidas veces al aire a una persona con una manta para divertirse
elección selección

Diciendo esto, entró por medio del escuadrón de las ovejas, y comenzó a alancearlas, con tanta violencia y valor como si en verdad alancease a sus mortales enemigos. Los pastores y ganaderos que con el rebaño venían le gritaban que no hiciese aquello; pero viendo que no desistía, comenzaron a saludarle los oídos con piedras grandes. Don Quijote no hacía caso de las piedras; sino que, corriendo a todas partes, decía:

— ¿Dónde estás, soberbio Alifanfarón? Vente a mí; que un caballero solo soy, que desea probar tus fuerzas y quitarte la vida.

Llegó en esto una piedra redonda y, dándole en un lado, le sepultó dos costillas en el cuerpo. Llegó otra piedra llevándole tres o cuatro dientes y muelas de la boca. Tal fue el golpe, que el pobre caballero se cayó del caballo abajo. Llegaron a él los pastores, y creyeron que le habían muerto; y así, con mucha prisa recogieron su ganado, y cargaron los animales muertos, que eran más de siete, y se fueron.

V

Sancho estaba todo este tiempo sobre la colina, mirando las locuras que su amo hacía. Viéndole, pues, caído en el suelo, bajó de la colina, llegó a él, y le dijo:

— ¿No le decía yo, señor don Quijote, que se volviese, que los que iba a atacar no eran ejércitos, sino rebaños de carneros?

— Como eso puede falsificar aquel encantador enemigo mío. Sábete, Sancho, que les es muy fácil cosa a tales hombres hacernos parecer lo que quieren, y este hombre perverso que me persigue, envidioso de la gloria que vio que yo había de obtener de esta batalla, ha vuelto los escuadrones de enemigos en rebaños de ovejas. Si no, haz una cosa, Sancho, por mi vida, para que te convenzas y veas ser verdad lo que te digo: sube en tu asno y síguelos, y verás cómo, alejándose de aquí un poco, se vuelven en su ser primero, y, dejando de ser carneros, son hombres de hueso y carne, como yo te los pinté primero. Pero no vayas ahora, que necesito tu favor y ayuda. Sube en tu asno, Sancho el bueno, y vente detrás de mí; que Dios, que es proveedor de todas las cosas, no ha de faltarnos.

— Ahora bien, sea así como vuestra merced dice — respondió Sancho; — vamos ahora de aquí, y busquemos donde alojar esta noche, y quiera Dios que sea en parte donde no haya mantas, ni manteadores, ni fantasmas.

— Pídeselo tú a Dios, hijo — dijo don Quijote, — y guía tú por donde quieras; que esta vez quiero dejar a tu elección el alojarnos.

Lo hizo así Sancho, y se encaminó hacia donde le pareció que podía hallar alojamiento.

Preguntas

I

1 ¿Por qué está convencido don Quijote de que la venta es encantada?
2 ¿Cómo se explica don Quijote que no podía ayudar a Sancho?
3 ¿Qué habría hecho si hubiera podido bajar de Rocinante?
4 ¿Qué le parecen a Sancho todas estas aventuras?
5 ¿Qué cree Sancho que deben hacer ahora?
6 ¿Cómo responde don Quijote a esta idea?
7 ¿Qué hay de bueno para don Quijote en las aventuras que busca?

II

1 ¿Qué es una polvareda?
2 ¿Cómo interpreta don Quijote la que ve a lo lejos?
3 ¿Qué ve Sancho al mismo tiempo?
4 ¿Por qué le contenta tanto a don Quijote lo que ven los dos?
5 ¿Cuál es la causa verdadera de las polvaredas?
6 ¿Por qué no ven don Quijote y Sancho las ovejas?
7 ¿Por qué acepta Sancho la interpretación de don Quijote?
8 ¿Cómo justifica don Quijote su interés por los ejércitos?

III

1 ¿Por qué son enemigos Alifanfarón y Pentapolín?
2 ¿Qué papel tiene la religión en su disputa?
3 ¿Por qué mira Sancho muy atento a los rebaños mientras habla su amo?
4 ¿Cómo explica Sancho la discrepancia que hay entre lo que él ve y lo que don Quijote dice?
5 ¿Por qué no oye Sancho como debe, según don Quijote?
6 ¿Cuáles son las consecuencias del miedo?
7 ¿Por qué no le importa mucho a don Quijote si Sancho se retira de la batalla?

IV

1 ¿Qué significa hacer una cosa 'como un rayo'?
2 ¿Qué dice Sancho mientras don Quijote ataca?
3 ¿Por qué ataca éste con tanta violencia?
4 ¿Cómo reaccionan los hombres que guardan las ovejas?
5 ¿Cómo detienen por fin a don Quijote?
6 ¿Por qué se escapan muy rápido los pastores después que se cae don Quijote al suelo?
7 ¿Cómo se justifica la crueldad con que han tratado a don Quijote?

V

1 ¿Qué le dice Sancho a don Quijote cuando se acerca a él?
2 ¿Qué acostumbran hacer sus enemigos, según don Quijote?
3 ¿Por qué ha convertido en ovejas el encantador a los soldados de los ejércitos?
4 ¿Cómo puede Sancho probar la verdad de lo que don Quijote ha dicho?
5 ¿Qué deciden buscar después de esta aventura?
6 ¿Qué cosa recuerda Sancho en este momento?
7 ¿Quién sirve de guía al final de este episodio?

Ejercicio 1

por / para

No le fue posible subir *por* las paredes.
El techo era demasiado baja *para* su obra.

Conteste a las preguntas siguientes, usando por *o* para *según el modelo.*

Ejemplos: ¿*Por* dónde caminan? Caminan *por* el campo.
¿*Para* quién trae agua? La trae *para* Sancho.

1 ¿Por dónde viene el otro escuadrón? (el frente)
2 ¿Por cuánto tiempo quedarán escritas sus obras? (todos los siglos)
3 ¿Para quién busca el ventero una cama? (el huésped)
4 ¿Por qué rodearon la venta? (buscar una puerta)
5 ¿Para quién preparan la manta? (Sancho)
6 ¿Para qué vendió sus tierras? (comprar libros)
7 ¿Por dónde lo vio subir y bajar? (el aire)
8 ¿Para qué parte se dirigían los mercaderes? (Murcia)
9 ¿Por dónde tuvo que crucar el arriero? (el patio)
10 ¿Por qué no quería pagar Sancho? (la ley de caballería)
11 ¿Para qué sirve el bálsamo? (curar heridas)
12 ¿Por quién corría la regla? (él mismo)
13 ¿Por qué lo perdonaba el ventero? (la paga)
14 ¿Para qué sacó su espada? (defender a su amo)
15 ¿Por qué se considera afortunado? (alojar a don Quijote)
16 ¿Por dónde echó sangre el vizcaíno? (las narices)
17 ¿Para quién trae el muchacho la candela? (el ventero)
18 ¿Para qué acompaña Sancho a don Quijote? (conseguir una ínsula)
19 ¿Por dónde entró don Quijote? (el bosque)
20 ¿Por qué repiten lo que dice don Quijote? (complacerlo)

Ejercicio 2

Cambie al pasado todos los verbos del presente, haciendo una distinción entre el imperfecto *y el* pretérito.

Después de decir esto, don Quijote (1) *decide* entrar por medio de las ovejas, y así (2) *empieza* a darles golpes con su lanza, pues en verdad (3) *cree* que (4) *son* sus mortales enemigos. Los ganaderos y pastores que (5) *acompañan* los rebaños le (6) *gritan* y (7) *dicen* que no (8) *debe* hacer aquello. Pero viendo que no (9) *deja* de atacar, (10) *cogen* unas piedras que (11) *están* por el suelo y (12) *comienzan* a arrojárselas a la cabeza. Don Quijote no (13) *hace* caso de las piedras sino que (14) *dice* en voz alta:

— ¡Aquí espera un solo caballero! Vente a mí.

En esto (15) *llega* una piedra redonda y le (16) *da* en un lado. (17) *Llega* otra y le (18) *rompe* algunos dientes. Tal (19) *es* el golpe que el pobre se (20) *cae* de su caballo. Cuando se (21) *acercan* los pastores, (22) *cree* que (23) *está* muerto, y así (24) *recogen* su ganado, inclusive los muertos, que (25) *son* siete, para marcharse.

Ejercicio 3

Oraciones originales

1 don Quijote / tratar / bajar / Rocinante / vengarse / burlas
2 mejor / parecer / Sancho / volver / pueblo
3 caballero / necesitar / obras / hacer / ganar / fama
4 Sancho / volver / cabeza / ver / caballeros
5 escudero / decidir / quedarse / colina / mirar / batalla
6 pastores / empezar / arrojar / piedras / defenderse
7 don Quijote / perseguir / encantador / envidioso / quitar / gloria
8 amo / decidir / dejar / selección / alojamiento / escudero

Ejercicio 4

Para completar

1 Después de ver a Sancho manteado, don Quijote afirma que la gente de la venta debe de ser . . .
2 Sancho tiene otra opinión, pues está seguro que esos hombres no eran más que . . .
3 Don Quijote acusa a Sancho de ignorante al exclamar: — ¡Qué poco sabes de . . .
4 Al principio acepta Sancho la interpretación de don Quijote, pues en otra parte ve . . .
5 Don Quijote afirma su interpretación con tanto entusiasmo que Sancho . . .
6 Si Alifanfarón ha de ganar a la hija de Pentapolín, primero tiene que . . .
7 Una de las consecuencias del miedo, según don Quijote, es . . .
8 Sancho sabe definitivamente que los ejércitos son en realidad rebaños de ovejas cuando . . .
9 Don Quijote empieza a atacar ferozmente a los pastores porque en verdad cree que . . .
10 Una de las piedras le da con tanta fuerza en la cara que . . .
11 Si Sancho sigue a los pastores, le dice don Quijote que verá que . . .
12 En la venta que Sancho prefiere encontrar no ha de haber . . .

estrella cuerpo celeste o astro que tiene luz propia
maravillarse sentir sorpresa
tirar de hacer fuerza para mover una cosa hacia sí mismo. *Ejemplo:* El caballo tira del carro y no el carro del caballo.
lumbre luz; *cfr.* **alumbrar**
temblar agitarse con movimiento rápido e involuntario a causa del miedo
cabello pelo de la cabeza
erizarse ponerse el pelo rígido y erecto
animarse tomar una resolución o decidirse
esfuerzo entusiasmo o energía
acaso tal vez
burlarse con (alguien) hacer parecer ridículo a (alguien)
manejar usar
ánimo valor, espíritu o energía

11 Un cuerpo muerto y un vivo combate

I

La noche cerró con alguna obscuridad; pero, con todo esto, caminaban, creyendo Sancho que a una o dos leguas hallaría una venta. Pronto vieron que por el mismo camino que iban venían hacia ellos gran multitud de luces, que no parecían sino estrellas que se movían. Al verlas, se maravillaron Sancho y don Quijote. Tiraron de las riendas y estuvieron quietos, mirando atentamente lo que podía ser aquello. Vieron que las lumbres iban acercándose a ellos, y mientras más se acercaban, mayores parecían. A cuya vista Sancho comenzó a temblar y los cabellos de la cabeza se le erizaron a don Quijote, el cual, animándose un poco, dijo:

— Ésta, sin duda, Sancho, debe de ser grandísima y peligrosísima aventura, donde será necesario que yo muestre todo mi valor y esfuerzo.

— ¡Miserable de mí! — respondió Sancho: — si acaso esta aventura fuese de fantasmas, como me parece, ¿dónde habrá costillas que la sufran?

— Por más fantasmas que sean — dijo don Quijote, — no consentiré yo en que te toquen. Si la otra vez se burlaron contigo, fue porque no pude yo saltar las paredes del corral; pero ahora estamos en campo abierto, donde podré yo manejar mi espada como quiera.

— Y si le encantan como la otra vez lo hicieron — dijo Sancho — ¿para qué servirá estar en campo abierto, o no?

— Con todo eso — replicó don Quijote, — te ruego, Sancho, que tengas buen ánimo; que la experiencia te dará a entender el que yo tengo.

— Sí, tendré, — respondió Sancho.

hasta aproximadamente (pero sin exceder)
encamisado persona que lleva una camisa blanca de noche
antorcha pedazo de una materia combustible que se hace arder para dar luz
litera vehículo antiguo llevado por hombres
enlutado vestido de negro por la muerte de alguien
despoblado donde no hay gente o población
camilla cama portátil para enfermos
quienquiera que cualquiera que
muestra indicación o señal
convenir ser conveniente y prudente
freno parte de la brida que se inserta en la boca del caballo para controlarlo
dueño propietario o poseedor de una cosa
encolerizado enojado o furioso; *cfr.* **cólera**
fuga huida; *cfr.* **fugitivo**
nacer aparecer
ala parte del cuerpo del pájaro que le permite volar
impedido sin poder moverse
apalear dar palos o golpes
infierno lugar de castigo eterno
arder estar en combustión

II

Y apartándose los dos a un lado del camino, volvieron a mirar atentamente, y descubrieron hasta veinte encamisados, todos a caballo, con sus antorchas encendidas en las manos, detrás de los cuales venía una litera cubierta de negro, a la cual seguían otros seis a caballo, enlutados hasta los pies de las mulas. Esta extraña visión, a tales horas y en tal sitio despoblado, bien bastaba para poner miedo en el corazón de Sancho. Lo contrario le ocurrió a su amo, al cual le pareció en su imaginación que aquélla era una de las aventuras de sus libros.

Creyó que la litera era camilla donde debía de ir algún mal herido o muerto caballero, cuya venganza a él solo estaba reservada, y, sin pensar más, se puso en la mitad del camino por donde los encamisados habían de pasar, y cuando los vio cerca, levantó la voz y dijo:

— Deteneos, caballeros, o quienesquiera que seáis, y dadme cuenta de quiénes sois, de dónde venís, adónde vais, qué es lo que en aquella camilla lleváis; que, según las muestras, o vosotros habéis hecho, u os han hecho, algún agravio, y conviene y es necesario que yo lo sepa, para castigaros del mal que hicisteis o para vengaros de la injusticia que os hicieron.

— Vamos de prisa — respondió uno de los encamisados, — porque está la venta lejos, y no nos podemos detener a dar tanta cuenta como pedís.

Y picando la mula, pasó adelante. Don Quijote se sintió grandemente insultado de esta respuesta y dijo:

— Deteneos, y sed más corteses y dadme cuenta de lo que os he preguntado; si no, conmigo entraréis todos en batalla.

III

La mula, al ser tomada del freno, se alarmó tanto que, levantándose en los pies, arrojó a su dueño en el suelo. Un mozo que iba a pie, viendo caer al encamisado, comenzó a insultar a don Quijote; el cual, ya encolerizado, atacó a uno de los enlutados, y le arrojó en tierra; y volviéndose a los demás, los atacó y los puso en fuga, que no parecía sino que en aquel instante le habían nacido alas a Rocinante. Todos los encamisados eran gente tímida y sin armas, y así, en un momento dejaron el combate y comenzaron a correr por aquel campo, con las antorchas encendidas. Los enlutados asimismo, impedidos por sus vestidos largos, no podían moverse. Así don Quijote los apaleó a todos sin dificultad, y todos pensaron que aquél no era hombre sino diablo del infierno, que les salía a quitar el cuerpo muerto que en la litera llevaban.

Estaba una antorcha ardiendo en el suelo, al lado del primero a quien había desmontado la mula, a cuya luz pudo verle don Quijote. Llegando a él le puso la punta de la lanza en la cara, diciéndole que se rindiese, si no, que le mataría. A lo cual respondió el caído:

— Muy rendido estoy, pues no puedo moverme, que tengo una pierna rota. Suplico a vuestra merced, si es caballero cristiano, que no me mate y me ayude

silla cosa en que uno se sienta al montar a caballo
provisto que tiene provisiones; *cfr.* **proveer**
saco receptáculo
opresión peso o presión
figura cara de una persona

a salir de debajo de esta mula, que me tiene tomada una pierna entre el estribo y la silla.

— Y ¿hasta cuándo aguardabais a decirme esto? — dijo don Quijote.

IV

Gritó luego a Sancho Panza que viniese; pero él no quiso venir porque estaba ocupado robando una mula que traían aquellos buenos señores, bien provista de cosas de comer. Hizo Sancho saco de su gabán, y, recogiendo todo lo que pudo, cargó su asno, y luego acudió a su amo, y ayudó a sacar al caído de la opresión de la mula. Poniéndole encima de ella, le dio la antorcha. Don Quijote le dijo que siguiese la ruta de sus compañeros, a quienes de su parte pidiese perdón del agravio que él les había hecho. Sancho también le dijo:

— Si quieren saber esos señores quién ha sido el valeroso caballero que los atacó, dígales que es el famoso don Quijote de la Mancha, que por otro nombre se llama "el Caballero de la Triste Figura."

Se fue el encamisado, y don Quijote preguntó a Sancho por qué le había llamado "el Caballero de la Triste Figura."

— Yo se lo diré, — respondió Sancho, — porque verdaderamente tiene vuestra merced la más mala figura que jamás he visto.

Quiso don Quijote mirar al cuerpo que venía en la litera, pero no lo consintió Sancho, diciéndole:

— Señor, vuestra merced ha acabado esta peligrosa aventura lo más felizmente de todas las que yo he visto.

Y llevando su asno por delante, rogó a su señor que le siguiese, el cual, pareciéndole que Sancho tenía razón, sin volver a replicarle, le siguió.

Preguntas

I

1 ¿De qué quedan maravillados don Quijote y Sancho después de caminar un poco?
2 ¿Por qué empieza a temblar Sancho?
3 ¿Cómo sabemos que don Quijote también puede tener posiblemente miedo?
4 ¿Cómo se explica que Sancho interpreta esta aventura de la misma manera que su amo?
5 ¿Por qué cree don Quijote que podrá proteger mejor a Sancho ahora que en el episodio anterior?
6 ¿Qué es el ánimo?
7 ¿Qué importancia tiene la experiencia para don Quijote?

II

1 ¿Qué son en verdad las estrellas que ven?
2 ¿Por qué es lógico que Sancho tenga miedo?
3 ¿Cómo interpreta don Quijote este espectáculo?
4 ¿Quién debe de estar en la litera?
5 ¿Por qué se pone don Quijote en el camino para detener la procesión?
6 ¿Qué preguntas les hace?
7 ¿Por qué no se detienen los enlutados para hablar?

III

1 ¿Por qué se cae al suelo el encamisado?
2 ¿Por qué insulta a don Quijote el mozo?
3 ¿Cómo reacciona don Quijote a este insulto?
4 ¿Por qué no tratan de defenderse los encamisados y los enlutados?
5 ¿Cómo interpretan éstos a don Quijote?
6 ¿Cómo trata don Quijote al primero que está tendido en el suelo?
7 ¿Por qué le pide ayuda éste a don Quijote?

IV

1 ¿En qué está ocupado Sancho cuando don Quijote lo llama?
2 ¿Dónde pone Sancho las cosas que roba?
3 ¿Por qué necesita don Quijote su ayuda?
4 ¿A quién pide perdón don Quijote?
5 ¿Qué otro nombre le pone Sancho?
6 ¿Por qué se lo pone?
7 ¿Cómo le parece a Sancho el resultado de esta aventura?

Ejercicio 1

Estructura: cláusulas relativas

Las lumbres *que vieron* se acercaban a ellos.

Combine las dos oraciones siguientes en una sola oración según el modelo.

Ejemplo: Tenía una ama. *El ama* pasaba de 40 años.
Tenía *una ama que* pasaba de 40 años.

1 Buscan una venta. La venta está a dos leguas.
2 Don Quijote y Sancho se maravillan de la gente. La gente viene hacia ellos.
3 Ven una litera. Muchos hombres acompañan la litera.
4 Vienen también otros hombres. Los hombres están enlutados.
5 Quiere castigar el agravio. Los hombres han hecho el agravio.
6 No pueden contestar a las preguntas. Don Quijote les hace preguntas.
7 Don Quijote ataca al encamisado. El encamisado está tendido en el suelo.
8 Sancho está robando una mula. Los hombre traen la mula.
9 Don Quijote pide perdón por el agravio. Don Quijote le ha hecho el agravio.
10 ¿Quién es el caballero? El caballero los atacó.

Ejercicio 2

Oraciones originales

1 oscuridad / poder / ver / acercarse / multitud / luces
2 fantasmas / hacer / erizarse / cabellos / don Quijote
3 visión / bastar / dar / Sancho / miedo
4 encamisados / detenerse / no / querer / dar / explicaciones
5 don Quijote / poner / punta / lanza / cara / encamisado
6 interesar / Sancho / mula / cargado / cosas / comer
7 don Quijote / dar / antorcha / encamisado / después / subir / mula
8 encamisado / salir / seguir / ruta / compañeros

Ejercicio 3

Estructura: verbo + (preposición) + infinitivo

El fraile *se puso a correr* por el campo.
Sancho no *quería ayudar* al encamisado.

Complete las oraciones siguientes con las preposiciones a *o* de *según hagan falta; en algunos casos no hará falta ninguna.*

1 Ante esta visión Sancho empezó . . . temblar.
2 No sabían lo que podía . . . ser eso.
3 Creían que debía . . . ir algún herido en la litera.
4 Se puso en el camino por donde habían . . . pasar.
5 Don Quijote volvió . . . atacar a los enlutados.
6 Sancho decidió . . . robar una mula.
7 Pareció don Quijote un diablo que salía . . . quitarles el cuerpo del muerto.
8 Don Quijote ayudó al encamisado . . . subir sobre su mula.
9 Después quiso . . . mirar para ver lo que venía en la litera.
10 Don Quijote dice que trató . . . subir por las paredes del corral.
11 Entonces vino . . . pedirle perdón por el agravio.
12 Don Quijote necesita . . . saber quiénes son los hombres.
13 El encamisado prometió . . . seguir a sus compañeros.
14 ¿Por qué aguardaba tanto . . . decirle quien era?
15 Don Quijote fue . . . ponerle la lanza en la cara.

Ejercicio 4

Pronombres de complemento directo

Cambie las oraciones siguientes, usando pronombres de complemento, según el modelo.

Ejemplo: Sancho cree que hallarán *una venta* a una legua.
Sancho cree que *la* hallarán a una legua.

1 Se burlaron de él porque no pudo saltar *las paredes del corral.*
2 Don Quijote levantó la voz cuando vio a *los enlutados.*
3 La gente no quiere darles *la cuenta* como pide don Quijote.
4 Sancho usa su gabán para recoger *los despojos.*
5 Don Quijote no pregunta por qué llevan así a esa hora *la litera.*

Ejercicio 5

Para completar

1 Las luces que se veían a lo lejos parecían a don Quijote y a Sancho . . .
2 Don Quijote cree que ahora podrá manejar mejor su espada, pues se encuentra . . .
3 Don Quijote dice que la experiencia mostrará para todos el . . . que siempre ha tenido en sus aventuras.
4 Dos grupos de hombres acompañaban la litera y eran . . .
5 Para don Quijote la situación tiene una doble interpretación: o estos hombres le han hecho daño a alguien o . . .
6 Un mozo de mulas empieza a insultar a don Quijote cuando ve que la mula del encamisado . . .
7 Don Quijote puede ver claramente la cara del encamisado desmontado porque . . .
8 Sancho acude a ayudar a su amo a sacar al encamisado de la opresión de la mula después de . . .
9 Para Sancho don Quijote tenía . . . que jamás había visto.
10 Le parece a don Quijote que Sancho tiene razón al decir que . . .

bacía receptáculo de metal que usan los barberos
conquistar ganar o adquirir algo con fuerza
yelmo parte de la armadura de guerra que se llevaba en la cabeza para protegerse
Mambrino rey moro imaginario que figura mucho en los libros de caballerías
galera barco antiguo del rey donde tenían que trabajar los criminales
Sierra Morena montañas que están entre la Mancha y Andalucía
cuchillada golpe o herida de cuchillo; **cuchillo** = utensilio que se usa para cortar
pícaro persona astuta de mala vida
valer servir
sable tipo de espada

12 Don Quijote mata a un gigante

I

Nuestro héroe, acompañado de su escudero, pasó aquella noche entre unos árboles altos, cerca de una catarata, cuyos extraños ruidos llenaron de terror a Sancho.

Al día siguiente, encontraron a un barbero que llevaba una bacía de metal. Don Quijote le atacó, y así conquistó lo que él llamaba el yelmo de Mambrino, que él decía era de oro.

Otro día dio libertad a unos prisioneros que iban a las galeras, y los criminales le pagaron el favor robándole a él y a Sancho, después de maltratarlos con piedras.

Entraron después en Sierra Morena donde don Quijote hizo penitencia, escribió una carta de amores a su señora Dulcinea, y pidió a Sancho que la llevara al Toboso.

Mientras el caballero hacía toda clase de locuras, Sancho fue a visitar a Dulcinea, pero como no sabía dónde encontrarla, volvió a la venta, donde le había sucedido la desgracia de la manta.

Allí encontró al cura y al barbero, que, con otros amigos, buscaban a don Quijote para llevarle a su casa con algún pretexto. Ellos inventaron una historia para hacerle volver, y Sancho los llevó a donde estaba don Quijote.

La historia que inventaron fue, que una princesa, llamada Micomicona, necesitaba la protección de un caballero andante. Don Quijote los acompañó a la venta que él decía era castillo, donde la ventera le hizo una cama mejor que la que tuvo la primera vez. Y mientras don Quijote dormía, sus amigos estaban haciendo planes para hacerle volver a su casa.

II

El cura estaba leyendo la novela del "Curioso Impertinente," que todos oían con atención, cuando del cuarto donde estaba don Quijote salió Sancho Panza, gritando:

— Acudid, señores, presto, y socorred a mi señor, que está ocupado en la más feroz batalla que mis ojos han visto. Ha dado una cuchillada al gigante enemigo de la señora princesa Micomicona, y le ha cortado la cabeza.

En esto oyeron un gran ruido en el cuarto y don Quijote gritaba: — Detente, ladrón, pícaro, vil criatura. Aquí te tengo y no te ha de valer tu sable.

Parecía que daba grandes cuchilladas por las paredes. Dijo Sancho: — Por Dios, entren a poner fin al combate o ayudar a mi amo, aunque ya no será

cuero materia resistente y flexible que cubre el cuerpo de los animales; se usa a veces como un receptáculo para líquidos
cabecera parte de la cama donde se pone la cabeza
traje vestido
bonete tipo de sombrero que se usaba antiguamente
sucio contrario a **limpio**
fuente lugar de donde sale algún líquido como el agua
nadar hacerse mover por el agua
simpleza condición de ser simple o rústico
maleficio influencia mala que tiene uno sobre otro con artes de encantamiento

necesario, porque sin duda alguna el gigante está ya muerto. Yo vi correr la sangre por el suelo, y la cabeza cortada y caída a un lado, que es tan grande como un gran cuero de vino.

— Que me maten, — dijo en esto el ventero, — si don Quijote o don diablo no ha dado alguna cuchillada en algunos de los cueros de vino que a su cabecera estaban llenos, y el vino que corre debe de ser lo que le parece sangre a este buen hombre.

Con esto entró en el cuarto y todos detrás de él, y hallaron a don Quijote en el más extraño traje del mundo. Estaba en camisa, la cual no era bastante larga. Tenía en la cabeza un bonete rojo y sucio que era del ventero. En la mano izquierda tenía la manta de la cama, y en la derecha la espada, con la cual daba cuchilladas a todas partes como si estuviera combatiendo con algún gigante.

III

Fue tan intensa la imaginación de la aventura que le hizo soñar que ya habían llegado al reino de Micomicón, y que ya estaba en el combate con su enemigo. Había dado muchas cuchilladas en los cueros creyendo que las daba en el gigante. Todo el cuarto estaba lleno de vino. Viendo todo esto el ventero se puso tan furioso que atacó a don Quijote. Comenzó a darle tantos golpes que si los otros no hubieran intervenido, él habría acabado la guerra del gigante. Con todo aquello no se despertaba el pobre caballero hasta que se trajo un gran jarro de agua fría, y se le echó por todo el cuerpo.

Andaba Sancho buscando la cabeza del gigante por todo el suelo, y como no la hallaba dijo:

— Ya lo sé que todo en esta casa es encantamiento. No parece por aquí esta cabeza que vi cortar por mis mismos ojos, y la sangre corría del cuerpo como de una fuente.

— ¿Qué sangre y qué fuente dices, enemigo de Dios y de sus santos? — dijo el ventero. — ¿No ves, ladrón, que la sangre y la fuente no es otra cosa que estos cueros que aquí están perforados, y el vino que llena este cuarto? Permita Dios que yo vea nadando en los infiernos el alma de quien los perforó.

— No sé nada, — respondió Sancho; — sólo sé que vendré a ser muy desafortunado. Por no hallar esta cabeza se me ha de deshacer mi condado como la sal en el agua.

IV

Y estaba peor Sancho despierto, que su amo durmiendo, a causa de las promesas que su amo le había hecho. El ventero se desesperaba al ver la simpleza del escudero y el maleficio del señor. La ventera juraba que no les permitiría

respirar absorber y exhalar el aire; *cfr.* **respiración**
borracho que ha tomado en exceso bebidas alcohólicas
poner en sal preparar para conservar como la carne
fiel constante en su afección; *cfr.* **fidelidad**
cansancio condición de estar cansado
portal entrada o vestíbulo
aplacar calmar

irse sin pagar y que no les valdrían los privilegios de su caballería para dejar de pagar caro por todo el daño y molestia.

Don Quijote, creyendo que ya había acabado la aventura, y que se hallaba delante de la princesa Micomicona, se puso de rodillas diciendo: — Bien puede vuestra grandeza, alta y hermosa señora, vivir de hoy en adelante segura sin que le pueda hacer mal esta mal nacida criatura; y yo también de hoy en adelante soy libre de la palabra que le di, pues con ayuda del alto Dios y con el favor de aquélla por quien yo vivo y respiro, tan bien la he cumplido.

— ¿No lo dije yo? — dijo oyendo esto Sancho. — Yo no estaba borracho. Miren; mi amo tiene ya puesto en sal al gigante. Mi condado parece seguro.

¿Quién no había de reírse de los absurdos del pobre caballero y su fiel escudero? Todos se reían excepto el ventero, que estaba muy indignado.

Con no poco trabajo pusieron a don Quijote en la cama, donde se quedó dormido con muestras de grandísimo cansancio. Le dejaron dormir y salieron al portal de la venta a consolar a Sancho Panza de no haber hallado la cabeza del gigante, aunque más tuvieron que hacer en aplacar al ventero que estaba desesperado por la inesperada muerte de sus cueros.

Preguntas

I

1 ¿A quién encuentran don Quijote y Sancho al día siguiente?
2 ¿Por qué lo atacan?
3 ¿Cómo responden los prisioneros al favor que les hace don Quijote?
4 ¿Por qué manda don Quijote a Sancho al Toboso?
5 ¿Por qué se dirige Sancho a la venta?
6 ¿Por qué están allí el cura y el barbero?
7 ¿Quién es la princesa Micomicona?
8 ¿A dónde va don Quijote al salir de Sierra Morena?

II

1 ¿Dónde está don Quijote mientras se lee el 'Curioso Impertinente"?
2 ¿Con quién parece que don Quijote ha entrado en batalla?
3 ¿Qué cosa ha visto Sancho?
4 ¿Con qué compara Sancho la cabeza del gigante?
5 ¿Qué explicación da el ventero por lo que en verdad ha pasado?
6 ¿Qué ve la gente al entrar en el cuarto de don Quijote?
7 ¿Qué tiene de extraño la escena?

III

1 ¿Qué cosas ha soñado don Quijote?
2 ¿Por qué se enoja el ventero?
3 ¿En qué tienen que intervenir las demás personas?
4 ¿Cómo consiguen despertar a don Quijote?
5 ¿Qué dice Sancho cuando no puede hallar la cabeza cortada?
6 ¿Qué realidad le describe el ventero?
7 ¿Por qué le importa tanto a Sancho hallar esta cabeza?

IV

1 ¿Qué contraste ve el ventero entre Sancho y don Quijote?
2 ¿Cuál es la reacción de la ventera a todo lo que ha pasado?
3 ¿Qué cosa cree don Quijote que ha cumplido?
4 ¿Por qué cree Sancho que su ínsula es segura?
5 ¿De qué se ríen todos?
6 ¿Qué tienen que hacer éstos al dejar a don Quijote?
7 ¿Por qué queda desesperado el ventero al final?

Ejercicio 1

Estructura: *a* + complemento directo

Los extraños ruidos llenaron de terror *a* Sancho.

Complete las oraciones siguientes con la preposición a *si hace falta.*

1 Sancho fue a visitar . . . Dulcinea.
2 Subieron a la Sierra Morena para hacer . . . penitencia.
3 En la venta encontró . . . el cura.
4 Quisieron inventar . . . una historia.
5 Todos vinieron a socorrer . . . don Quijote.
6 Nadie podía ver . . . el gigante excepto don Quijote y Sancho.
7 La reina necesitaba . . . la protección de alguien.
8 No fue muy fácil aplacar . . . el ventero.
9 Trató de cortarle . . . la cabeza.
10 Después hicieron acostarse . . . don Quijote.
11 Sancho no quiso dejar . . . su asno.
12 La hija se dedicó a curar . . . el huésped.
13 El ventero tenía . . . una hija caritativa.
14 Don Quijote no quería mostrarles . . . un retrato de ella.
15 Los mercaderes se pararon a ver . . . la extraña figura del loco.

Ejercicio 2

Oraciones originales

1 ruido / cataratas / llenar / terror / Sancho
2 volver / venta / sin / Dulcinea / encontrar
3 amigos / buscar / don Quijote / llevar / casa
4 don Quijote / cortar / cabeza / gigante / cuchillada
5 cueros / encontrarse / cabecera / cama / lleno / vino
6 don Quijote / ponerse / rodillas / delante / princesa
7 ventero / insistir / recobrar / paga / gastos
8 locuras / don Quijote / hacer / reírse / todos

Ejercicio 3

Estructura: preposición + pronombres relativos (*el cual*, etc.)

Tenía en la mano una espada con la cual daba cuchilladas por todas partes.

Combine las dos oraciones siguientes para formar una sola oración según el modelo.

Ejemplo: Encontró los cueros. El vino salía *de los cueros.*
Encontró los cueros *de los cuales* salía el vino.

1 Escribió una carta. Hablaba de amor *en la carta.*
2 Llegaron a la venta. Mantearon a Sancho *en la venta.*
3 Inventaron un pretexto. Llevaban a don Quijote a casa *con el pretexto.*
4 Hablaban del combate. Don Quijote estaba ocupado *en el combate.*
5 Vio una litera. *Detrás de la litera* venían otros hombres.
6 Se acercaron los ejércitos. Don Quijote deseaba pelear *con los ejércitos.*
7 Se puso en la mitad del camino. Los hombres habían de venir *por el camino.*
8 Don Quijote imita las aventuras. Sus libros tratan *de las aventuras.*
9 Fueron al patio. Don Quijote había de dejar sus armas *en el patio.*
10 El cura conoce a los caballeros. Don Quijote habla *de los caballeros.*

Ejercicio 4

Preposiciones *a, con, de* o *en*

Complete las oraciones siguientes con las preposiciones correspondientes según el significado.

1 Todo el cuarto estaba lleno . . . de vino.
2 Los prisioneros maltrataron a los dos . . . piedras.
3 Después entraron . . . Sierra Morena para hacer penitencia.
4 Salieron . . . el portal a consolar a Sancho.
5 . . . el día siguiente encontraron a un barbero.
6 Querían llevarlo a su casa . . . algún pretexto.
7 Los cueros estaban . . . la cabecera de su cama.
8 . . . la mano izquierda traía la manta.
9 Todos se rieron . . . las locuras de don Quijote.

Ejercicio 5

Para completar

1 El barbero que encontraron al día siguiente llevaba en la cabeza . . .
2 Don Quijote decidió entrar en la Sierra Morena para . . . después del encuentro con los prisioneros.
3 Mientras el cura y el barbero hacían planes para hacer volver a casa a don Quijote, éste . . .
4 Sancho está seguro de que ya está muerto el gigante, pues vio . . .
5 Sancho parece hacer una comparación completamente invertida cuando dice que . . . es tan grande como . . .
6 Tuvieron que echarle a don Quijote . . . para despertarlo.
7 El ventero jura que no puede ver ni . . . ni . . . de que habla don Quijote.
8 Sancho sabe que si no puede hallar la cabeza cortada, tampoco podrá . . .
9 Esta vez el ventero no va a permitir salir a don Quijote sin . . .
10 Después de acostar a don Quijote tuvieron que . . . a Sancho por la gran pérdida que había sufrido.

carro vehículo usado para el transporte
buey toro castrado
aldea pueblo muy pequeño
afecto amor o cariño
confundir perturbar o dejar en desorden; *cfr.* **confuso**
abismo infierno
no acababa de comprender no comprendía completamente

13 El caballero encantado

I

En los dos días que estuvieron en la venta, ocurrieron muchos incidentes que afirmaron a don Quijote en la opinión de que estaba en un castillo encantado.

Al fin, el cura pagó la cuenta al ventero, y haciendo creer a don Quijote que él también estaba encantado, le pusieron en un carro de bueyes y comenzaron la marcha hacia la aldea. Pero todavía hallaron varias aventuras en el largo viaje que los llevó a su casa, porque don Quijote, aunque creía que estaba encantado, interpretaba todo lo que veía en términos de su locura.

Sancho siguió a su señor; también le siguieron Rocinante y el burro, que iban detrás del carro de don Quijote. El cura y el barbero le acompañaron a caballo, y así llegaron a la aldea un domingo cuando mucha gente estaba en la plaza.

El ama y la sobrina de don Quijote le recibieron con grandes muestras de afecto, pidiendo al cielo que confundiese en el centro del abismo a los autores de los libros de caballería. Le desnudaron y le pusieron en su antigua cama. Él las miraba con sorpresa y no acababa de comprender en qué parte estaba.

Finalmente, ellas quedaron confusas y llenas de temor sospechando que se habían de ver sin su amo y su tío tan pronto como se presentara ocasión de hacer otra salida.

Y ocurrió como ellas se lo imaginaron.

Preguntas

1 ¿Dónde ponen a don Quijote para llevarlo a casa?
2 ¿Quiénes vuelven a su casa con él?
3 ¿Cómo se sabe que don Quijote continúa loco durante este viaje?
4 ¿Qué piensan la sobrina y el ama de los libros de caballerías?
5 ¿Por qué no se sienten tranquilas ya que su amo está en casa?

Ejercicio 1

Oraciones originales

Haga una oración original con cada uno de los verbos siguientes, usando todo vocabulario suplementario que sea necesario.

acabar de
cumplir con la palabra
dar a entender
dar la cuenta (a alguien)
dar la vuelta
dar una caída
darse cuenta de
dejar caer
dejar de (hacer algo)
hacer caso de (algo)
hacer daño
hacer pedazos
ir de prisa
ponerse a (hacer algo)
servir de
tener que
tirar de (algo)
tratar de (hacer algo)
volver a (hacer algo)
volver las riendas

Ejercicio 2

Para completar

1 Don Quijote seguía interpretando todo lo que le sucedía como . . .
2 Al llegar al pueblo de don Quijote hallaron . . .
3 El ama y la sobrina reciben a don Quijote en casa con . . .
4 Sus amigos sospechan que dentro de poco tiempo don Quijote va . . .
5 Por eso siguen pensando todos que se han de condenar los libros de caballerías a . . .

Ejercicio 3

ser / estar

Complete las oraciones siguientes escogiendo ser *o* estar *según sea necesario.*

1 La sangre no . . . sino el vino.
2 Don Quijote creía que . . . encantado.
3 Ya sabe que todo en la venta . . . encantamiento.
4 El cuero . . . tan grande como una cabeza.
5 No comprendía don Quijote en qué parte . . .
6 Sancho insistía en que no . . . borracho.
7 . . . necesario poner fin al combate.
8 Le dijeron que . . . en un castillo encantado.
9 Don Quijote pensaba que la bacía . . . de oro.
10 ¿Quién . . . el caballero que los atacó?
11 El pobre ventero . . . desesperado por su pérdida.
12 Los encamisados . . . gente tímida y sin armas.
13 Con todo el ruido don Quijote todavía . . . dormido.
14 Todos vieron que los cueros . . . perforados.
15 Si . . . caballero cristiano, no lo va a hacer.

Ejercicio 4

Temas

1 la gente que encuentra don Quijote por el camino
2 la simpleza de Sancho Panza
3 la apariencia de las cosas
4 la arrogancia de don Quijote
5 la influencia de los libros de caballerías

contra en oposición a
bachiller (antiguamente) persona que ha recibido el primer grado en la universidad
nuevas noticias o comunicación de lo que ha pasado
eso de aproximadamente
farsa ficción o engaño
lograr poder
bendición invocación de la protección divina
orden mandato
dar de (comer) dar algo para (comer)

14 Tercera salida

I

Cerca de un mes estuvo don Quijote en su casa, sin signos evidentes de querer volver a salir a sus aventuras. Sin embargo, pronto se despertó su locura, y comenzó a preparar su tercera salida contra los deseos de su ama y de su sobrina. La causa de este nuevo entusiasmo fue el bachiller Sansón Carrasco, quien se hizo amigo de don Quijote al traerle las nuevas de que la historia de sus aventuras estaba ya escrita en libros.

Salió don Quijote acompañado de Sancho y fueron hacia el Toboso. Al llegar allí, a eso de media noche, buscaron el palacio de aquélla que don Quijote llamaba Princesa. Sancho, tratando de impedir que se descubriera la farsa de la existencia de Dulcinea, logró, al fin, sacar a su amo del pueblo y hacerle entrar en un bosque. Cuando ya estaban en él, mandó don Quijote a Sancho volver a la ciudad y pedir audiencia a su señora, para que ésta le diese su bendición.

Prometió Sancho hacer lo que su señor le mandaba, y don Quijote se quedó a caballo lleno de tristes y confusas imaginaciones. Pero tan pronto como el escudero hubo salido del bosque, bajó de su burro, y sentándose al pie de un árbol, comenzó a hablar consigo mismo de esta manera:

II

— ¿Adónde va vuestra merced, Sancho hermano? — Voy a buscar una princesa que es el sol de la hermosura. — ¿Y dónde la pensáis encontrar, Sancho? — ¿Dónde? En la gran ciudad del Toboso. — ¿Y por orden de quién la vais a buscar? — Por orden del famoso caballero don Quijote de la Mancha, que da de comer al que tiene sed y da de beber al que tiene hambre. — Todo eso está muy bien. ¿Y sabéis dónde vive?, Sancho. — Mi señor dice que debe de vivir en algún real palacio. — ¿Y la habéis visto algún día? — Ni yo ni mi señor la hemos visto jamás.

Como resulta de este soliloquio, Sancho volvió a decirse: — Hay remedio para todas las cosas, excepto la muerte. Mi señor es un loco y yo mismo no soy menos, porque le sigo y le sirvo, siendo verdad el proverbio que dice: "Dime con quién andas y te diré quién eres." Siendo, pues, loco, como lo es, y de ésos que toman unas cosas por otras, como cuando dijo que los molinos de viento eran gigantes, y las mulas camellos, y los carneros regimientos de enemigos, no será muy difícil hacerle creer que una labradora, la primera que venga por aquí, es la señora Dulcinea. Y si él no lo cree, lo afirmaré yo e insistiré más y más.

profundo que penetra mucho
tela materia textil
cría animal en su primera edad
yegua caballo del sexo femenino
aldeano persona de una aldea o de un pueblo

Esto pensaba Sancho Panza, cuando vio que del Toboso, hacia donde él estaba, venían tres labradoras sobre tres burros. Cuando Sancho vio a las tres labradoras, volvió a donde estaba su señor don Quijote, y le halló en triste y profunda meditación.

III

Tan pronto como don Quijote le vio, le dijo: — ¿Qué hay, Sancho amigo? ¿traes buenas nuevas?

— Tan buenas, — replicó Sancho, — que no tiene que hacer vuestra merced más que montar sobre Rocinante y salir a ver a la señora Dulcinea del Toboso. Ella, con otras dos doncellas suyas, viene a ver a vuestra merced.

— ¡Santo Dios! ¿Qué es lo que dices, Sancho amigo? — dijo don Quijote.

— Venga, señor, venga, — replicó Sancho, — y verá venir a la Princesa nuestra señora, vestida y adornada como quien ella es. Sus doncellas y ella, todas están cubiertas de perlas y diamantes, rubíes y telas de brocado. Los cabellos son como rayos del sol, y las tres vienen sobre caballos blancos, tan elegantes señoras como se puede desear, especialmente la princesa Dulcinea, mi señora.

— Vamos, Sancho, hijo, — respondió don Quijote, — y en pago de estas tan no esperadas como buenas nuevas, yo te prometo la mejor parte del despojo que yo gane en la primera aventura que tenga. Y si esto no te satisface, te prometo las crías que este año me den las tres yeguas mías.

— Prefiero las crías, — respondió Sancho; — porque el despojo de la primera aventura no está muy cierto.

Entonces, salieron del bosque y vieron cerca a las tres aldeanas. Don Quijote, que no vio más que a las tres labradoras, preguntó a Sancho si las había dejado fuera de la ciudad.

Preguntas

I

1 ¿Qué ocurre un mes después de estar en casa don Quijote?
2 ¿Qué nuevas recibe él?
3 ¿Por qué se dirigen al Toboso don Quijote y Sancho?
4 ¿Por qué prefiere Sancho que su amo se quede en el bosque?
5 ¿Por qué manda don Quijote a Sancho volver al pueblo?
6 ¿Qué hace Sancho al dejar a su amo?

II

1 ¿Con quién habla Sancho al bajar de su burro?
2 ¿Cómo describe él a Dulcinea?
3 ¿Qué sabe de ella?
4 ¿Qué opinión tiene de su amo?
5 ¿Cómo es la locura de que sufre, según Sancho?
6 ¿Qué plan tiene Sancho?
7 ¿Por qué vuelve Sancho rápido a dónde está don Quijote?

III

1 ¿Qué buenas noticias recibe don Quijote de Sancho?
2 ¿Cómo describe Sancho a las tres labradoras?
3 ¿Qué pago le ofrece don Quijote por el favor que le hace?
4 ¿Qué preferencia tiene Sancho?
5 ¿Por qué no le parecen muy seguros los despojos?
6 ¿Cómo reacciona don Quijote al encontrarse delante de Dulcinea?

Ejercicio 1

Estructura: comparaciones con *tan* + adjetivo/adverbio + *como*

Dulcinea es *tan* imaginaria *como* todas las damas.
Baja de su burro *tan* pronto *como* sale del bosque.

Combine las dos oraciones siguientes para formar una sola oración según el modelo.

Ejemplo: Don Quijote lo dice pronto. Don Quijote lo ve pronto también.
Don Quijote lo dice *tan* pronto *como* lo ve.

1 Sancho está despierto. El ventero está despierto también.
2 La cabeza es grande. Los cueros son grandes también.
3 Las aldeanas no son bonitas. Dulcinea sí que es bonita.
4 Don Quijote queda triste ahora. Don Quijote quedaba triste antes.
5 Su imaginación es intensa. Su memoria es intensa también.
6 Sancho parece loco. Su amo parece loco también.
7 Rocinante corre rápido. La mula corre rápido también.
8 Alifanfarón es cruel. Pentapolín es cruel también.
9 El vizcaíno pelea bien. Don Quijote pelea bien también.
10 El encamisado resulta herido. El enlutado resulta herido también.

Ejercicio 2

Para completar

1 Don Quijote decidió salir otra vez a causa de . . . que le trajo Sansón Carrasco.
2 Según éste, las aventuras de la primera parte de su historia ya . . .
3 Al dejar a su amo Sancho no hace lo que le mandó, pues . . .
4 Sancho recuerda un detalle muy importante y es que ni él ni su amo . . .
5 El proverbio que Sancho recita da a entender que tanto él como don Quijote . . .
6 Don Quijote siempre toma unas cosas por otras, por ejemplo, cuando . . .
7 Sancho sabe lo que le toca hacer cuando ve venir . . .
8 Dice Sancho que viene vestida Dulcinea como una princesa, pues lleva . . .
9 Como recompensa por su ayuda don Quijote le ofrece a Sancho . . .
10 Cuando don Quijote no logra ver a la princesa, se imagina que . . .

Ejercicio 3

Estructura: *tanto* + sustantivo + *como*

Combine las dos oraciones siguientes para formar una sola oración según el modelo.

Ejemplo: Sancho recibe *muchas* heridas. Don Quijote las recibe también.
Sancho recibe *tantas* heridas *como* don Quijote.

1 El cura lee muchos libros. Don Quijote los lee también.
2 Ahora hay mucha oscuridad. Antes había mucha también.
3 Sancho no gana muchos despojos. Otros escuderos sí que ganaban muchos.
4 Don Quijote muestra mucho valor. Amadís mostraba mucho también.
5 Pide mucho dinero. Antes pedía mucho también.
6 Don Quijote entra en muchos combates. Los otros caballeros entraban en muchos también.
7 Da muchas cuchilladas a las paredes. Da muchas a los cueros también.
8 Hay muchas mantas en esta venta. Había muchas en la otra también.
9 Los caballeros tienen muchos privilegios. Tienen muchas obligaciones también.
10 Don Quijote mira con mucha sorpresa. Sancho mira con mucha también.

Ejercicio 4

Oraciones originales

1 empezar / prepararse / salida / contra / deseos / amigos
2 Sancho / volver / ciudad / pedir / audiencia / princesa
3 sentarse / pie / árbol / resolver / problema
4 ser / fácil / hacer / aceptar / amo / mentira
5 Dulcinea / venir / montado / burro / acompañado / doncellas
6 don Quijote / haber / dar / crías / yeguas / Sancho
7 al / bosque / salir / encontrar / aldeanas / cerca

Ejercicio 5

Pronombres reflexivos

Complete las oraciones siguientes, decidiendo si hace falta usar complemento reflexivo.

1 Al bajar de su burro Sancho *sentar(se)* al pie de un árbol.
2 Buscaban el palacio de aquélla que don Quijote *llamar(se)* princesa.
3 Después de un mes *despertar(se)* de nuevo su locura.
4 Sansón *hacer(se)* amigo de don Quijote cuando lo visitó en casa.
5 Don Quijote *quedar(se)* a caballo cuando *marchar(se)* Sancho.
6 El cura y el barbero *poner(se)* a don Quijote en un carro de bueyes.
7 El ventero *desesperar(se)* al ver la simpleza de Sancho.
8 Mientras don Quijote estaba en la venta *ocurrir(se)* muchas cosas interesantes.
9 Don Quijote realmente creía que *hallar(se)* delante de la princesa.
10 Continuando su soliloquio, Sancho *decir(se)* muchas cosas muy lógicas.
11 El ventero *poner(se)* furioso cuando vio lo que don Quijote había hecho.
12 El ama y la sobrina *acostar(se)* inmediatamente a don Quijote.
13 *Quejar(se)* mucho el encamisado porque don Quijote le había tratado muy mal.
14 Antes de hablar los dos *apartar(se)* a un lado del camino.
15 El cura *escoger(se)* una novela para leérsela a los otros.
16 Sancho *encaminar(se)* adonde lo esperaba su amo.
17 Los pastores recogieron su ganado y *ir(se).*
18 Dice don Quijote que le *perseguir(se)* un encantador enemigo.
19 Decidieron que sería mejor *alejar(se)* de allí un poco.
20 A veces no *convencer(se)* Sancho de la verdad de lo que dice su amo.

resplandeciente brillante
nieve agua congelada que cae del cielo formando partículas blancas
reverencia inclinación del cuerpo como muestra de respeto
duquesa mujer de duque
carirredondo que tiene cara redonda
chato que tiene nariz poco prominente
atónito estupefacto o maravillado
enternecer despertar en alguien sentimientos de compasión o ternura
arrodillar poner de rodillas
sustento soporte
felicidad alegría o satisfacción
gentileza hermosa presencia y cortesía
afligido que sufre

15 Dulcinea del Toboso

I

¿Dónde tiene su merced los ojos, — respondió Sancho, — que no ve que son éstas las que aquí vienen, resplandecientes como el mismo sol a mediodía?

— Yo no veo, Sancho, — dijo don Quijote, — sino a tres labradoras sobre tres burros.

— ¿Es posible que tres caballos blancos como la nieve le parezcan a vuestra merced burros?

— Pues yo te digo, Sancho amigo, — dijo don Quijote, — que es tan verdad que son burros o burras, como yo soy don Quijote y tú Sancho Panza. A lo menos, a mí así me parecen.

— No diga tal palabra, señor, — dijo Sancho. — Venga a hacer reverencia a la señora de sus pensamientos que ya llega cerca.

Diciendo esto, se adelantó a recibir a las tres aldeanas y, poniendo ambas rodillas en el suelo, dijo:

— Reina y princesa y duquesa de la hermosura, reciba vuestra grandeza a su cautivo caballero. Yo soy Sancho Panza su escudero, y él es el caballero don Quijote de la Mancha, llamado por otro nombre el Caballero de la Triste Figura.

Don Quijote miraba a la que Sancho llamaba reina y señora. Como no veía en ella más que una aldeana de no muy buen aspecto porque era carirredonda y chata, estaba confuso sin abrir la boca.

Las labradoras estaban también atónitas viendo a aquellos dos hombres tan diferentes, que no dejaban pasar a su compañera. Pero rompiendo el silencio la que Sancho llamaba reina, malhumorada y colérica, dijo: — Apártense del camino, y déjennos pasar.

II

A lo que respondió Sancho: — ¡Oh princesa y señora universal del Toboso! ¿Cómo vuestro magnánimo corazón no se enternece, viendo arrodillado ante vuestra sublimada presencia a la columna y sustento de la andante caballería?

— Levántate, Sancho, — dijo a este punto don Quijote. — Porque ya veo que la fortuna ha ocupado todos los caminos por donde pueda venir alguna felicidad a mi alma. Y tú, ¡extremo de la humana gentileza, único remedio de este afligido corazón que te adora, no dejes de mirarme blanda y amorosamente!

— Apártense y déjennos ir — respondió la aldeana. Apartóse Sancho, y la dejó ir contentísimo de haber salido bien de su farsa.

vista mirada o acción de mirar
privar de quitar
feo contrario a **bello** y **hermoso**
olor lo que produce sensaciones en la nariz. *Ejemplo:* El olor de ese perfume es exquisito.
ajo planta de olor muy fuerte que se usa como condimento (= inglés *garlic*)
crudo que no está cocido; **cocer** = preparar comida por medio de fuego
partir dividir en dos partes
fealdad condición de ser **feo**
disimular esconder o no permitir que se vea
Zaragoza ciudad que está en Aragón al noreste de Madrid
merecer valer la pena o ser digno de

Apenas se vio libre la aldeana que había hecho la figura de Dulcinea, cuando comenzó a correr con su burra por el camino adelante. Pero a corta distancia de don Quijote, cayó Dulcinea al suelo, y él corrió a levantarla. La señora no le dio tiempo para hacerlo, porque se levantó, y saltando por detrás de la burra, quedó montada como un hombre. Las otras dos aldeanas siguieron a su compañera sin volver la cabeza en más de media legua.

Don Quijote las siguió con la vista, y cuando desaparecieron, se volvió a Sancho y le dijo: — Sancho, ¿qué piensas tú de esto? Mira hasta donde se extiende la malicia de los encantadores, que me han querido privar de la felicidad de ver a mi señora como ella es.

III

— También debes saber, Sancho, — continuó don Quijote, — que no se contentaron esos traidores con transformar a mi Dulcinea sino que la transformaron y volvieron en una figura tan baja y fea como la de aquella aldeana. Y no es eso todo, sino que le han quitado lo que es tan propio de las principales señoras, que es el buen olor, porque ellas andan siempre entre perfumes y flores. Pero te digo, Sancho, que cuando llegué a subir a Dulcinea sobre su caballo (que a mí me pareció burra), me dio un olor a ajos crudos, que me partió el alma.

— ¡Oh canalla! — gritó entonces Sancho, — ¡oh encantadores mal intencionados! Mucho sabéis, mucho podéis, y mucho mal hacéis, aunque para decir la verdad, yo nunca vi su fealdad, sino su hermosura: las perlas de sus ojos, el oro finísimo de sus cabellos.

— Y yo, ¡pobre de mí! — dijo don Quijote, — que no vi nada de eso. Ahora te vuelvo a decir y lo diré mil veces, que soy el hombre de más mala fortuna de todo el mundo.

Sancho hacía esfuerzos para disimular la risa, oyendo las simplezas de su amo.

Finalmente, después de otras muchas lamentaciones de don Quijote, volvieron a subir en sus bestias y siguieron el camino de Zaragoza. Pero antes de llegar allá les ocurrieron muchas cosas que merecen ser escritas y leídas.

Preguntas

I

1 ¿Qué ve don Quijote al mirar a las aldeanas?
2 ¿Por qué le sorprende a Sancho esta reacción de su amo?
3 ¿Por qué no insiste don Quijote en que es verdad solamente lo que él puede ver?
4 ¿Qué hace Sancho al acercarse a las labradoras?
5 ¿Por qué se siente confuso don Quijote?
6 ¿Cuál es la reacción de las labradoras?

II

1 ¿Por qué es probable que la labradora no entienda todas las palabras que usa Sancho?
2 ¿Quién es el 'extremo de la humana gentileza' de que habla don Quijote?
3 ¿Por qué le parece a Sancho que ha salido bien de su farsa?
4 ¿Por qué no puede ayudar don Quijote a la aldeana a montar a su burra?
5 ¿Qué importancia tiene el detalle de que queda montada Dulcinea como hombre?
6 ¿Por qué le parecen maliciosos a don Quijote los encantadores?

III

1 ¿Cómo le ha parecido a don Quijote la labradora?
2 ¿Qué olor tiene ella?
3 ¿Cómo deben oler las damas como Dulcinea?
4 ¿Por qué cree don Quijote que es muy desgraciado?
5 ¿Qué le parecen a Sancho las simplezas de su amo?
6 ¿Qué ironía tiene esta aventura?
7 ¿Por qué es probable que don Quijote no se olvide nunca de lo que le ha pasado aquí?

Ejercicio 1

Imperativos

— No diga tal palabra, señor — dijo Sancho.
— Apártense y déjennos ir — respondió la aldeana.

Cambie los verbos en las oraciones siguientes a imperativos con usted *según el modelo.*

Ejemplo: Don Quijote *ayuda* a subir a la aldeana.
Ayude Vd. a subir a la aldeana.

1 Sancho no *habla* tanto.
2 La aldeana *recibe* al caballero.
3 Sancho *responde* a lo que le preguntan.
4 Don Quijote *mira* lo que hace.
5 Sancho se *aparta* en seguida.
6 Don Quijote nunca *dice* eso.
7 Don Quijote *viene* a hacer reverencia.
8 Sancho y don Quijote *pagan* el dinero que deben.
9 Don Quijote se *levanta* del suelo.
10 La aldeana no *salta* así.
11 Sancho le *lleva* una carta.
12 Los hombres *buscan* una manta.
13 Los mercaderes *confiesan* la verdad.
14 El cura *lee* una novela.
15 Don Quijote no *sale* otra vez.
16 El cura y el barbero *arrojan* sus libros al corral.
17 Don Quijote no le *corta* la cabeza.
18 Los arrieros se *detienen* donde están.
19 Don Quijote *muestra* un retrato de su dama.
20 Todos se *ponen* de rodillas.

Ejercicio 2

por / para

Complete las oraciones siguientes con las preposiciones por *o* para.

1 Dice Sancho que don Quijote también es llamado . . . otro nombre.
2 Comenzó a correr la aldeana . . . el camino adelante.
3 Ella no le dio tiempo . . . ayudarla a subir.
4 Dice que busca a Dulcinea . . . orden de don Quijote.
5 Hizo un esfuerzo grande . . . disimular la risa.
6 Gracias a Dios hay remedio . . . casi todo.
7 Don Quijote confiesa que vive y respira solamente . . . Dulcinea.
8 Vio cortar la cabeza al gigante . . . sus propios ojos.
9 Los privilegios no sirven nada . . . esta situación.
10 Tuvo que pagar mucho . . . el daño que hizo.
11 Buscaba la cabeza del gigante . . . el suelo.
12 Esto es suficiente . . . darle miedo a Sancho.
13 Lo va a recordar . . . siempre.
14 Le echaron agua . . . todo el cuerpo.
15 Ponen a don Quijote como prisionero en un carro . . . ser un loco peligroso.

Ejercicio 3

Oraciones originales

1 Al / adelantarse / recibir / aldeanas / ponerse / rodillas
2 aspecto / aldeana / dejar / don Quijote / confuso
3 Sancho / apartarse / después / hablar / aldeana
4 cuando / caerse / Dulcinea / don Quijote / correr / ayudar
5 encantadores / transformar / Dulcinea / figura / aldeana / feo
6 cabellos / aldeana / parecer / Sancho / oro / finísimo
7 Sancho / tener / hacer / esfuerzos / disimular / risa
8 Don Quijote / lamentarse / antes / seguir / camino / Zaragoza

Ejercicio 4

Para completar

1 Al hablar Sancho de Dulcinea, compara los ojos de ella con . . .
2 La labradora no se parece nada a Dulcinea, pues es . . .
3 Primero dice don Quijote que los burros no son caballos sino burros, pero después muestra confusión al confesar que por lo menos . . .
4 Don Quijote estaba confuso porque no podía ver más que . . .
5 Con palabras algo burlescas, Sancho imita el estilo artificial de los libros al referirse a don Quijote como . . . de la caballería andante.
6 Probablemente se siente don Quijote más confuso todavía cuando ve que Dulcinea queda . . . al subir sobre su burro saltando.
7 Don Quijote atribuye la transformación de Dulcinea a . . .
8 Parece que las aldeanas han comido . . . , pues don Quijote nota cierto olor muy fuerte.
9 Según don Quijote sus enemigos están tratando de privarle de la felicidad de . . .
10 Se ve un contraste muy notable entre este episodio y otros como los molinos de viento, pues aquí es Sancho quien . . .

pensativo que piensa intensamente
carreta carro rústico
descubierto no cubierto
pintar adornar o cubrir con colores
venda porción de tela que se usa para cubrir una parte del cuerpo
regocijar alegrar
dispuesto listo; *cfr.* **disposición**
carretero hombre que conduce o guía un carro
cochero hombre que conduce o guía un coche
monte montaña
"Las Cortes de la Muerte" farsa de Micael de Carvajal muy famosa en la segunda mitad del siglo XVI
excusar evitar o no tener que hacer
percibir comprender; *cfr.* **percepción**

16 El carro de las cortes de la muerte

I

Pensativo iba don Quijote por su camino, y de sus meditaciones le sacó Sancho, tratando de animarle y consolarle del encantamiento de su señora Dulcinea.

Don Quijote quería responder a Sancho Panza; pero se lo impidió una carreta que venía por el camino, cargada de los más diversos y extraños personajes y figuras imaginables. El que guiaba era un feo demonio. Venía la carreta descubierta, y la primera figura que apareció ante los ojos de don Quijote fue la de la misma Muerte, con cara humana. Cerca de ella venía un Ángel con unas alas grandes y pintadas. Al lado estaba un Emperador, con una corona, aparentemente de oro, en la cabeza. A los pies de la Muerte estaba el dios que llaman Cupido, sin venda en los ojos. Venía también un caballero completamente armado, excepto que traía un sombrero lleno de plumas de varios colores. Con éstas venían otras personas de extraño aspecto. Todo esto, visto inesperadamente, excitó a don Quijote y puso miedo en el corazón de Sancho. Pero pronto se regocijó don Quijote creyendo que tenía alguna nueva y peligrosa aventura. Y con este pensamiento y con espíritu dispuesto a atacar cualquier peligro, se puso delante de la carreta y con voz alta y enérgica dijo:

— Carretero, cochero, o diablo, dime quién eres, a dónde vas, y quién es la gente que llevas.

II

A lo cual, lentamente, deteniendo el diablo la carreta, respondió: — Señor, nosotros somos actores de la compañía de Angulo el Malo. Esta mañana, hemos hecho, en un pueblo que está detrás de aquel monte, el drama de "Las Cortes de la Muerte." También hemos de hacerlo esta tarde en otro pueblo que desde aquí se ve. Y por estar tan cerca, y por excusar el trabajo de desnudarnos y volvernos a vestir, vamos vestidos con los mismos vestidos que representamos. Aquel muchacho va vestido de Muerte; el otro, de Ángel. Aquella mujer, que es la del autor, va de Reina; el otro, de Soldado. Aquél, de Emperador, y yo, de Demonio, que soy una de las principales figuras del drama. Si vuestra merced desea saber otra cosa, pregúnteme. Y yo sabré responder con toda exactitud, porque como soy demonio todo lo sé.

— Por la fe de caballero andante, — respondió don Quijote, — que cuando vi este carro imaginé que alguna grande aventura se me presentaba. Y ahora digo que es necesario tocar las apariencias con la mano para percibir la realidad. Andad con Dios, buena gente, y haced vuestra fiesta. Y si mandáis algo en que pueda serviros, lo haré de buena voluntad, porque desde muchacho fuí

amante persona que ama
juventud edad en que uno es joven
irse los ojos detrás de (alguien) mirar (a alguien) con deseo o envidia
representación ejecución de una obra dramática
bufón persona que vivía en un palacio para hacer reír a los nobles
cascabel pequeña bola de metal con un pedazo de hierro dentro para hacerla sonar
vejiga órgano del sistema urinario de muchos animales que llenaban de aire los bufones para divertirse golpeando a la gente
hinchar llenar o inflar, *por ejemplo* de aire
salto acción de saltar
volar moverse por el aire
campaña campo llano
carrera acción de ir de un sitio a otro corriendo
ocultar esconder o hacer desaparecer
pérdida acción de perder algo
templar moderar

amante del arte dramático, y en mi juventud se me iban los ojos detrás de los que se dedicaban a las representaciones.

III

Estando en esta conversación, llegó uno de la compañía que venía vestido de bufón con muchos cascabeles. En la punta de un palo traía tres vejigas de vaca hinchadas. Este bufón, llegándose a don Quijote, comenzó a agitar el palo con las vejigas y a dar grandes saltos sonando los cascabeles. Esta extraña visión alarmó tanto a Rocinante, que, sin que don Quijote pudiera detenerle, comenzó a correr por el campo. Sancho, que vio el peligro en que iba su señor, saltó del burro, y a toda prisa fue a ayudarle, pero cuando llegó, ya estaban los dos en tierra. Éste era el ordinario fin de las aventuras de Rocinante. Pero tan pronto como Sancho dejó a su bestia para ir a socorrer a don Quijote, el demonio de las vejigas saltó sobre el burro y le hizo volar por la campaña hacia el lugar a donde iban a hacer la fiesta.

Miraba Sancho la carrera de su burro y la caída de su amo y no sabía a cuál de las dos necesidades acudir primero. Pero, como buen escudero y como buen criado, fue más fuerte en él el amor a su señor que el amor a su burro. Ayudando a su señor a subir sobre Rocinante, le dijo:

— Señor, el diablo se ha llevado al burro.

— ¿Qué diablo? — preguntó don Quijote.

— El de las vejigas, — respondió Sancho.

— Pues ya le libertaré, — replicó don Quijote, — aunque se oculte con él en lo más profundo del infierno. Sígueme, Sancho, que la carreta va despacio, y con las mulas de ella compensaré la pérdida del burro.

IV

— No es necesario, señor, — respondió Sancho; — vuestra merced temple su cólera. Porque, según parece, ya el diablo ha dejado el burro, el cual vuelve hacia nosotros.

con todo a pesar de todo; diga lo que diga
pertenecer ser posesión o propiedad de
pelear combatir o batallar
saludable beneficioso

Y así era la verdad, porque habiendo caído el diablo con el burro imitando a don Quijote y a Rocinante, el diablo se fue a pie al pueblo y el burro volvió a Sancho.

— Sin embargo, — dijo don Quijote, — será bien castigar el insulto de aquel demonio.

— Tome mi consejo, señor, — replicó Sancho, — y no los ataque, porque es gente favorecida por la justicia.

— Con todo, — respondió don Quijote, — no se ha de ir ese demonio aunque le favorezca todo el mundo.

Y diciendo esto, volvió a la carreta, que ya estaba cerca del pueblo, e iba dando gritos diciendo: — Deteneos, gente alegre, que os quiero dar a entender cómo se han de tratar los burros que pertenecen a los escuderos de los caballeros andantes.

Tan grandes eran los gritos de don Quijote, que los oyeron y entendieron los de la carreta, y juzgando por las palabras la intención del que las decía, en un instante saltó la Muerte de la carreta. Detrás de ella, venía el Emperador, el Diablo carretero y el Ángel. No se quedó la Reina ni el dios Cupido, y todos tomaron piedras y se prepararon para recibir a don Quijote. Cuando éste los vio en aquella actitud agresiva, detuvo las riendas de Rocinante, y se puso a pensar de qué modo los atacaría con menor peligro de su persona.

V

Llegó Sancho; y viéndole en actitud de atacar al bien formado escuadrón, le dijo: — Considere vuestra merced, señor mío, que es más temeridad que valor para un hombre solo el atacar a una multitud donde está la Muerte y pelean en persona emperadores a quienes ayudan los buenos y los malos ángeles. Y si esta razón no es suficiente, considere, señor, que entre todos los que allí están, aunque parecen reyes, príncipes o emperadores, no hay ningún caballero andante.

— Ahora sí, — dijo don Quijote, — has tocado, Sancho, el punto que puede y debe cambiar mi determinación. Yo no puedo ni debo sacar la espada, como otras veces te he dicho, contra quien no sea armado caballero. Tú, Sancho, debes tomar venganza del agravio que a tu burro se le ha hecho. Yo te ayudaré desde aquí con saludables consejos.

— No hay necesidad, señor, — respondió Sancho, — de tomar venganza de nadie porque no es propio de buenos cristianos tomar venganza de los agravios, y yo deseo vivir pacíficamente los días de mi vida.

— Pues si ésa es tu determinación, — replicó don Quijote, — Sancho bueno, Sancho discreto, Sancho cristiano, y Sancho perfecto, dejemos estos fantasmas y volvamos a buscar mejores y más apropiadas aventuras.

Volvieron riendas, mientras la Muerte y todo su escuadrón volvieron a la carreta y continuaron su viaje. Y este feliz fin tuvo la terrible aventura de la carreta de la Muerte.

Preguntas

I

1 ¿Qué hace Sancho cuando ve a su amo muy pensativo?
2 ¿Qué ha hecho Sancho para sentirse ahora tal vez un poco culpable?
3 ¿Cómo es la carreta que encuentran por el camino?
4 ¿Qué variedad de gente viene en ella?
5 ¿Cómo reaccionan don Quijote y Sancho ante esta escena?
6 ¿Por qué está contento don Quijote con lo que ve?
7 ¿Qué hace para detener la carreta?

II

1 ¿De dónde viene la carreta?
2 ¿Por qué está vestida así la gente?
3 ¿Quién habla por los demás?
4 ¿Cómo reacciona don Quijote al oír la explicación del demonio?
5 ¿Por qué no ataca como en otras ocasiones?
6 ¿Qué importancia tienen las palabras de don Quijote "tocar las apariencias con la mano"?
7 ¿Por qué está dispuesto don Quijote a favorecer a estos actores?

III

1 ¿Cómo parece el bufón que se presenta ante don Quijote?
2 ¿Qué cosa trae el bufón?
3 ¿Por qué empieza a correr Rocinante por el campo?
4 ¿Con qué se encuentra Sancho al seguir a Rocinante?
5 ¿Qué pasa con el burro cuando Sancho lo abandona?
6 ¿Qué dilema tiene Sancho ahora?
7 ¿Por qué se decide por su amo?
8 ¿Qué ofrece hacer don Quijote por su escudero?

IV

1 ¿Cómo recobra Sancho su burro?
2 ¿Por qué lo deja abandonado el bufón?
3 ¿Qué consejo da Sancho a don Quijote?
4 ¿Por qué vuelve a buscar la carreta don Quijote?
5 ¿Qué recepción preparan los actores para don Quijote?
6 ¿Qué nueva reacción se ve en don Quijote en este episodio?

V

1 ¿Qué es la temeridad?
2 ¿Qué argumento hace Sancho para convencer a don Quijote a no atacar?
3 ¿Cómo consigue convencer a su amo?
4 ¿Por qué es responsable Sancho ahora por vengarse de este agravio?
5 ¿Qué ayuda le ofrece don Quijote?
6 ¿Por qué decide Sancho no tomar la venganza?
7 ¿Por qué llama don Quijote a Sancho "bueno, cristiano, discreto y perfecto"?

Ejercicio 1

El tiempo perfecto

El bufón ya *ha dejado* el burro.

Cambie al perfecto los verbos del presente en las oraciones siguientes según el modelo.

Ejemplo: Don Quijote *tiene* muchas aventuras.
Don Quijote *ha tenido* muchas aventuras.

1 *Llega* una carreta con actores.
2 La visión *excita* a don Quijote.
3 Los actores *hacen* una representación.
4 Don Quijote siempre *es* amante del teatro.
5 Los dos *salen* muy mal de la aventura.
6 El diablo se *lleva* el burro de Sancho.
7 Don Quijote no *quiere* ayudar a Sancho.
8 Los encantadores no se *contentan* con esto.
9 Sancho ya *dice* al ventero cómo se llama su amo.
10 Parece que don Quijote *lee* muchos libros.
11 Sancho ahora sí *toca* el punto importante.
12 Cree que le *quitan* el olor que le corresponde.
13 Ni Sancho ni don Quijote *ven* a Dulcinea.
14 Hasta ahora no *remedian* ningún agravio.
15 Don Quijote cree que ya *cumple* con su palabra.

Ejercicio 2

Para completar

1 Cuando Sancho vio a don Quijote tan pensativo, decidió . . .
2 Tan pronto como se imaginó don Quijote de que todo trataba de una nueva aventura, . . .
3 Los actores decidieron quedar vestidos en el viaje porque de esa manera . . .
4 Confiesa don Quijote que desde muy joven siempre era muy amigo de . . .
5 Llegó a excitar mucho a Rocinante un muchacho de la compañía que . . .
6 Montado sobre el burro de Sancho, el bufón se escapó hacia el sitio donde . . .
7 Cuando ve don Quijote a los actores preparados para arrojarle piedras, vacila un momento para . . .
8 Sancho logra persuadir a don Quijote a retirarse haciéndolo recordar que . . .
9 Se ve el valor que don Quijote da a los consejos de Sancho cuando lo llama . . .
10 Cuando don Quijote . . . los actores deciden continuar su viaje.

Ejercicio 3

Oraciones originales

1 venir / camino / carreta / cargado / personas / extraño
2 actores / acabar / hacer / drama / pueblo / vecino
3 deber / tocar / apariencias / mano / conocer / mundo
4 bufón / llevar / punta / palo / vejigas / vaca
5 Sancho / saltar / asno / ir / socorrer / amo
6 cuando / bufón / dejar / burro / volver / dueño
7 palabras / don Quijote / dar / entender / intención
8 actores / coger / piedras / defenderse / don Quijote
9 tocar / Sancho / sacar / espada / contra / actores

Ejercicio 4

Estructura: *estar* + participio perfecto *(-do)*

Don Quijote cree que también él *está encantado.*

Cambie las oraciones siguientes según el modelo.

Ejemplo: ¿*Han escrito* su historia?
Sí, ya *está escrita.*

1 ¿Han cargado la carreta? Sí, ya . . .
2 ¿Han pintado las alas? Sí, ya . . .
3 ¿Se ha vestido? Sí, ya . . .
4 ¿Han hinchado las vegijas? Sí, ya . . .
5 ¿Han cortado la cabeza? Sí, ya . . .
6 ¿Se ha levantado don Quijote? Sí, ya . . .
7 ¿Se han arrodillado los dos? Sí, ya . . .
8 ¿Las han cubierto de perlas? Sí, ya . . .
9 ¿Se ha desesperado el ventero? Sí, ya . . .
10 ¿Se han perforado los cueros? Sí, ya . . .
11 ¿Se ha rendido el vizcaíno? Sí, ya . . .
12 ¿Han reservado la venganza para otro? Sí, ya . . .
13 ¿Han quemado los libros de don Quijote? Sí, ya . . .
14 ¿Se ha enamorado el rey de ella? Sí, ya . . .
15 ¿Se ha cansado mucho ella? Sí, ya . . .

suponer imaginarse; *cfr.* **suposición**
gracioso divertido
coloquio conversación
enamorar despertar amor en una persona del otro sexo
Vandalia nombre que poéticamente han dado algunos escritores a Andalucía, usado aquí por Cervantes como elemento burlesco
singular extraordinario
tentar inducir a alguien a hacer una cosa que no debe

17 El caballero del Bosque

I

La noche que siguió al día del encuentro con la Muerte y su escuadrón, la pasaron don Quijote y Sancho bajo unos árboles. Después de haber comido, conversaron los dos sobre la pasada aventura hasta que Sancho tuvo deseos de dormir. Dormía Sancho al pie de un árbol y don Quijote meditaba al pie de otro. Pero poco tiempo había pasado cuando don Quijote oyó un ruido extraño. Miró y vio que eran dos hombres a caballo, y que al bajar hicieron ruido las armas con que uno venía armado. Suponiendo don Quijote que debía de ser caballero andante, fue a Sancho que dormía, y despertándole, le dijo en voz baja: — Hermano Sancho, aventura tenemos.

— Quiera Dios que sea buena, — respondió Sancho; — Y ¿dónde está, señor mío, esa señora aventura?

— Vuelve los ojos y mira, Sancho, y verás allí a un caballero andante, triste y melancólico, meditando en el suelo.

— Pues ¿en qué halla vuestra merced, — dijo Sancho, — que ésta sea aventura?

— No quiero yo decir, — respondió don Quijote, — que ésta sea aventura completa, sino principio de aventura; porque todas comienzan así.

Habiendo oído el caballero del Bosque que hablaba cerca de él, se levantó y dijo con voz sonora:

— ¿Quién va allá? ¿qué gente?

Declaró don Quijote que era caballero andante, y el del Bosque le invitó a oír la historia de sus amores.

Los dos escuderos se apartaron, y entre ellos pasó tan gracioso coloquio como fue grave el que pasó entre sus señores.

II

Entre muchas cosas de que hablaron los dos caballeros, el del Bosque le dijo a don Quijote:

— Finalmente, señor caballero, mi destino me llevó a enamorar a la sin par Casildea de Vandalia. Esta Casildea me ha mandado ir por todas las provincias de España y hacer confesar a todos los andantes caballeros que ella es la más hermosa de todas las que hoy viven. He andado ya la mayor parte de España y he vencido a muchos caballeros. Pero mi más alto honor es el haber vencido en singular combate al famoso caballero don Quijote de la Mancha, a quien hice confesar que es más hermosa mi Casildea que su Dulcinea.

Don Quijote estaba admirado de oír al caballero del Bosque y estuvo tentado

parecerse a (alguien) tener cara o aspecto muy semejante a (alguien)
cubrir estar encima de
aguileño largo y delgado
corvo que tiene forma de arco o curva
bigote mostacho
sangriento feroz y cruel (es decir, de mucha sangre)
reñir pelear

mil veces a decirle que no era verdad lo que decía, pero se calmó lo mejor que pudo y, tranquilamente, le dijo:

— De que vuestra merced, señor caballero, haya vencido a la mayor parte de los caballeros andantes de España y aun de todo el mundo, no digo nada, pero de que haya vencido a don Quijote de la Mancha lo dudo. Puede ser que sea otro que se le parece.

— ¿Cómo no? — replicó el del Bosque. — Por el cielo que nos cubre, yo combatí con don Quijote y le vencí. Es un hombre alto de cuerpo, la nariz aguileña y algo corva, de bigotes grandes, negros y caídos. Su escudero se llama Sancho Panza; su caballo, Rocinante; y su dama, Dulcinea del Toboso. Y si estas pruebas no son suficientes, aquí está mi espada que dará crédito a mis palabras.

III

— Calma, señor caballero, — dijo don Quijote. — Ese caballero es el mejor amigo que yo tengo en este mundo y puedo decir que le considero como mi misma persona. Él tiene muchos enemigos encantadores, especialmente uno que siempre le persigue. Estos encantadores transformaron recientemente la hermosura de Dulcinea del Toboso en una aldeana baja, y de esta manera habrán transformado a don Quijote. Y si esta explicación no es suficiente para demostrar esta verdad que digo, aquí está el mismo don Quijote, que la sustentará con sus armas a pie o a caballo.

Y diciendo esto, se levantó y tomó la espada, esperando qué resolución tomaría el caballero del Bosque.

— El que una vez, señor don Quijote, — dijo el caballero del Bosque, — pudo venceros transformado, bien podrá tener esperanza de venceros en vuestro propio ser. Pero esperemos el día para que el sol vea nuestras obras. Y será condición de nuestra batalla que el vencido ha de quedar a la voluntad del vencedor.

— Acepto esa condición, — dijo don Quijote; y diciendo esto, fueron a donde estaban sus escuderos y los hallaron durmiendo. Los despertaron y les mandaron preparar los caballos, porque, al salir el sol, iban a hacer los dos una sangrienta y singular batalla.

Sin hablar palabra, se fueron los dos escuderos a buscar las bestias.

IV

En el camino dijo el del Bosque a Sancho: — Ha de saber, hermano, que es costumbre de Andalucía que mientras los señores batallan, los criados deben reñir también.

— Esa costumbre, señor escudero, — respondió Sancho, — puede pasar allí

rufián hombre vil
hay más además
tamaño dimensión
bofetada golpe que se da en la cara con la mano abierta

entre los rufianes, pero no con los escuderos de caballeros andantes. Hay más, que yo no puedo reñir porque no tengo espada.

— Para eso sé yo un buen remedio, — dijo el del Bosque. — Yo traigo aquí dos sacos de igual tamaño; vuestra merced tomará uno y yo el otro, y reñiremos con armas iguales.

— De esa manera, acepto, — respondió Sancho; — porque no habrá gran peligro en combatir con esas armas.

— Pero no ha de ser así, — replicó el otro; — porque se han de poner en los sacos media docena de piedras en cada uno.

— No, señor mío, — respondió Sancho, — yo no he de pelear; peleen nuestros amos, y bebamos y vivamos nosotros.

— Sin embargo, — replicó el del Bosque, — hemos de pelear por lo menos media hora.

— Imposible, — respondió Sancho; — yo no puedo reñir sin provocación.

— Para eso, — dijo el del Bosque, — yo daré suficiente remedio, y es que antes de comenzar, daré a vuestra merced tres o cuatro bofetadas.

— Contra ese método, tengo yo otro, — respondió Sancho; — cogeré yo un palo y haré dormir a vuestra merced de manera que no se despierte hasta el otro mundo.

Preguntas

I

1 ¿Dónde pasan la noche don Quijote y Sancho?
2 ¿Qué hace don Quijote en vez de dormir?
3 ¿Cuál es el extraño ruido que oye don Quijote?
4 ¿Por qué cree don Quijote que ha llegado otra aventura?
5 ¿Qué tipo de aventura es ésta, según don Quijote?
6 ¿Cómo se llama el nuevo aventurero?
7 ¿Qué ofrece hacer?
8 ¿A dónde va Sancho?

II

1 ¿Por qué viaja el caballero del Bosque por España?
2 ¿Qué tienen que hacer los caballeros que vencen?
3 ¿Qué noticia le da a don Quijote?
4 ¿Cómo reacciona al oír esto?
5 ¿Qué explicación tiene don Quijote?
6 ¿Cómo describe el otro a don Quijote?
7 ¿Qué hará el caballero del Bosque si don Quijote no da crédito a sus palabras?

III

1 ¿De qué amigo habla don Quijote aquí?
2 ¿Qué tienen que ver los encantadores con este episodio, según don Quijote?
3 ¿Por qué saca la espada don Quijote después de hablar?
4 ¿Por qué deciden esperar un poco para combatir?
5 ¿Qué condiciones pone el caballero del Bosque para la batalla?
6 ¿Por qué cree el caballero que podrá vencer a don Quijote?

IV

1 ¿Qué costumbre le explica el otro escudero a Sancho?
2 ¿Qué excusas encuentra Sancho por no pelear?
3 ¿Qué armas ofrece el otro escudero para la pelea?
4 ¿Por qué no quiere pelear Sancho?
5 ¿Cómo dice el otro que podrá provocar a Sancho?
6 ¿Qué remedio encuentra Sancho para esto?

Ejercicio 1

Para completar

1 Sancho tuvo sueño después de que él y su amo . . .
2 Hay explicación muy obvia por el ruido extraño que oye don Quijote, pues . . .
3 Le dice don Quijote a Sancho que no ha de ser ésta una aventura completa sino solamente . . .
4 El otro caballero ha andado por gran parte del país porque . . . se lo ha mandado hacer.
5 Muchas veces estaba don Quijote a punto de decirle al otro caballero que . . .
6 Cuando el caballero del Bosque dice que ya . . . don Quijote empieza a dudar.
7 De los muchos enemigos que tiene don Quijote, hay uno que . . .
8 Según el otro escudero las armas para el combate serán iguales porque cada uno . . .
9 A Sancho no le gusta la idea de pelear cuando sabe que . . .
10 Contra las bofetadas del escudero Sancho usará . . .

Ejercicio 2

Oraciones originales

1 después / aventura / pasar / noche / árboles
2 Sancho / quedar / dormido / pero / amo / preferir / meditar
3 caminar / provincias / España / buscar / caballeros
4 don Quijote / dispuesto / estar / pelear / demostrar / verdad
5 vencido / tener / permanecer / sujeto / voluntad / venceder
6 criados / tener / costumbre / Andalucía / pelear / también

Ejercicio 3

Estructura: pronombres de complemento directo + complemento indirecto

Don Quijote quería responder pero *se lo* impidió la carreta.

Cambie a pronombres los complementos en las oraciones siguientes según el modelo.

Ejemplo: Don Quijote amenazaba con cortarle *la cabeza.*
Don Quijote amenazaba con cortár*sela.*

1 Don Quijote quiso decirle *la verdad.*
2 El otro escudero le da a Sancho *un saco.*
3 Le puso *la punta de la espada* en la cara.
4 El diablo se ha llevado *el burro.*
5 Se prepararon para arrojarles *las piedras.*
6 Le hacen *el agravio* a su burro.
7 Los encantadores le han quitado *el olor de perfumes.*
8 Fue tan intenso el olor que me partió *el alma.*
9 Prometió pagarle *los reales* en seguida.
10 Sus obras darán *crédito a sus palabras.*
11 Decidió el cura pagarle al ventero *los cueros.*
12 Vengo a hacer *reverencia a la princesa.*

Ejercicio 4

El tiempo pluscuamperfecto

Complete las oraciones siguientes con el pluscuamperfecto del verbo indicado, según el modelo.

Ejemplo: Poco tiempo (*pasar*) cuando don Quijote oyó un ruido.
Poco tiempo *había pasado* cuando don Quijote oyó un ruido.

1 El caballero del Bosque dijo que (*vencer*) a don Quijote.
2 Don Quijote sabía que no lo (*ver*) antes.
3 Estaba admirado de oír lo que el otro (*hacer*).
4 El bufón robó el burro de Sancho porque éste lo (*dejar*).
5 Venían los actores de un pueblo donde (*representar*) un drama.
6 Después volvieron al mismo camino por donde (*venir*).

Ejercicio 5

Cambie al pasado todos los verbos del presente, haciendo una distinción entre el imperfecto *y el* pretérito.

(1) *Va* don Quijote muy pensativo por el camino cuando Sancho lo (2) *saca* de sus meditaciones tratando de animarlo un poco. Don Quijote (3) *quiere* responder a su escudero pero en ese momento (4) aparece una carreta que (5) *viene* cargada de mucha gente muy extraña. El que (6) *guía* a los otros (7) *lleva* un vestido de demonio. Cuando se (8) *acerca* la carreta la primera figura que (9) *ve* don Quijote (10) *es* la misma Muerte. Al lado de ella (11) *hay* un ángel y un emperador y éste (12) *lleva* en la cabeza una corona de oro. A los pies de la Muerte se (13) *encuentra* Cupido, que no (14) *tiene* venda en los ojos. También (15) *hay* un caballero armado que (16) *trae* un sombrero lleno de muchas plumas. Al ver todo esto, claro que se (17) *excita* mucho don Quijote; en cambio a Sancho le (18) *pone* mucho miedo. Pero pronto se (19) *alegra* don Quijote imaginándose que (20) *tiene* delante una nueva y verdadera aventura.

dejarse dar dejar que le diera
monstruo animal enorme y deformado
casaca tipo de abrigo muy largo que se usaba antiguamente
espejo cristal preparado de manera que se vean reflejadas en él las imágenes
admirarse maravillarse
maniobrar hacer operaciones militares como en el campo de batalla
magia arte de hacer cosas maravillosas en contra de las leyes naturales
meter poner una cosa dentro de otra

18 El caballero de los Espejos

I

Apenas permitió la luz del día ver y diferenciar las cosas, cuando la primera que se ofreció a los ojos de Sancho Panza fue la nariz del escudero del Bosque; una nariz tan enorme y tan fea, que Sancho determinó dejarse dar doscientas bofetadas antes que combatir con aquel monstruo. Don Quijote miró a su enemigo, y aunque no le pudo ver la cara notó que era hombre robusto y no muy alto. Vestía una casaca adornada con muchos pequeños espejos y llevaba en la celada gran cantidad de plumas verdes, amarillas y blancas. La lanza, que tenía cerca de un árbol, era grandísima.

Todo lo miró y todo lo notó don Quijote; y juzgó que el caballero debía de tener gran fuerza; pero no por eso temió, como Sancho Panza.

Entonces habló el caballero de los Espejos y dijo: — Como ya le he dicho, señor caballero, la condición de nuestra batalla es que el vencido ha de quedar a la disposición del vencedor.

— Ya la sé, — respondió don Quijote, — pero lo que se pida al vencido ha de ser cosa que no salga de los límites de la caballería.

Notó entonces don Quijote la extraña nariz del escudero, y no se admiró menos de verla que Sancho.

Ayudó don Quijote a su escudero a subir a un árbol, no sólo para poder ver mejor el encuentro de los caballeros, sino por el miedo que Sancho tenía al escudero de la enorme nariz.

II

Mientras don Quijote acomodaba a Sancho en el árbol, maniobró el de los Espejos en el campo. Don Quijote, que le pareció que su enemigo venía volando, atacó con Rocinante y llegó con extraordinaria furia a donde estaba el de los Espejos. Le hizo caer de tal manera, que sin mover pies ni manos, parecía que estaba muerto.

Bajó Sancho del árbol y vino adonde estaba su señor. Éste, bajando de Rocinante, fue hacia el de los Espejos para ver si estaba vivo, y vio . . . la figura, aspecto y fisonomía del bachiller Sansón Carrasco. Cuando la vio, dijo en altas voces; — Ven, Sancho, hijo, mira lo que puede la magia de los encantadores.

Llegó Sancho, y dijo a don Quijote; — Soy de opinión, señor mío, que vuestra merced meta la espada por la boca de éste que parece el bachiller Sansón Carrasco: quizá matará en él a alguno de sus enemigos los encantadores.

— No dices mal, — dijo don Quijote, tomando la espada para poner en efecto el consejo de Sancho. Llegó el escudero del de los Espejos, ya sin la

pasta sustancia moldeable que se hace con una materia cualquiera combinada con agua
barniz líquido resinoso que se aplica a ciertos objetos para darles una brillantez impermeable; *cfr.* inglés *varnish*
mudar cambiar o transformar

enorme nariz que tan feo le había hecho, y dijo; — Mire vuestra merced lo que hace, señor don Quijote, que ése que tiene a los pies es su amigo el bachiller Sansón Carrasco, y yo soy su escudero.

Viéndole Sancho, sin aquella deformidad que antes tenía, le preguntó: — ¿Y la nariz?

A lo que él respondió: — Aquí la tengo.

Y mostró una nariz de pasta y barniz que llevaba en la mano.

III

Sancho observó atentamente al escudero y dijo: — ¿No es éste Tomé Cecial mi vecino y amigo?

— Tomé Cecial soy, amigo Sancho Panza, y le ruego al señor don Quijote que no mate al caballero de los Espejos, porque sin duda es el mal aconsejado bachiller Sansón Carrasco.

En esto abrió los ojos el de los Espejos, y don Quijote le puso la punta de la espada en la cara diciendo: — Muerto sois, caballero, si no confesáis que la sin par Dulcinea del Toboso es más hermosa que vuestra Casildea de Vandalia.

— Confieso, — dijo el caído caballero, — que vale más un zapato de la señora Dulcinea del Toboso, que toda la persona de Casildea.

También habéis de confesar y creer, — añadió don Quijote, — que aquel caballero que vencisteis no fue ni pudo ser don Quijote de la Mancha, sino otro que se le parecía, como yo confieso y creo que vuestra merced, aunque parece el bachiller Sansón Carrasco, no lo es, sino otro que se le parece, y que, en su figura han puesto aquí mis enemigos los encantadores para que yo use blandamente de la gloria de mi victoria.

— Todo lo confieso, — respondió el vencido caballero.

Le ayudaron a levantarse, y él se fue con su escudero, dejando a don Quijote y a Sancho convencidos de que los encantadores habían mudado la figura del caballero de los Espejos en la del bachiller Sansón Carrasco.

Preguntas

I

1 ¿Qué ve Sancho al salir al sol?
2 ¿Por qué cambia de plan entonces?
3 ¿Cómo viene vestido el caballero?
4 ¿Por qué debe tener miedo don Quijote?
5 ¿Qué condiciones pone don Quijote para la batalla?
6 ¿Por qué sube Sancho a un árbol?

II

1 ¿Qué pasa cuando don Quijote ataca al caballero de los Espejos?
2 ¿Por qué baja don Quijote de Rocinante?
3 ¿Qué ve al acercarse al otro caballero?
4 ¿Qué explicación ofrece don Quijote?
5 ¿Qué consejo le da Sancho?
6 ¿Qué dice el otro escudero al llegar?
7 ¿Qué le ha pasado con la nariz?

III

1 ¿Quién es en verdad el otro escudero?
2 ¿Por qué revela éste la identidad del caballero?
3 ¿Qué hace don Quijote para sacarle la confesión al caballero?
4 ¿Qué quiere don Quijote que confiese Sansón?
5 ¿Qué confesará después don Quijote?
6 ¿Qué enemigos tienen la culpa por lo que pasa, según don Quijote?
7 ¿Por qué hacen estas cosas?

Ejercicio 1

A Subjuntivo

Le ruega que no *mate* al caballero.

Combine la primera oración con lo que sigue para formar otra oración según el modelo.

Ejemplo: Sancho lo *acompaña.*
Don Quijote quiere que Sancho lo *acompañe.*

1 No ataca los molinos.
Sancho le aconseja a don Quijote que . . .
2 Juan Haldudo paga a Andrés.
Don Quijote manda que . . .
3 Se queda en casa.
El ama le pide a don Quijote que . . .
4 Don Quijote mete la espada por la boca.
Sancho es de opinión que . . .
5 Se pone de rodillas.
Don Quijote le dice a Sancho que . . .
6 Sansón se levanta.
Don Quijote permite que . . .
7 Las aldeanas siguen su camino.
Sancho deja que . . .
8 Otro toma la venganza.
Sancho prefiere que . . .
9 Sancho vuelve a buscar a los arrieros.
Don Quijote quiere que . . .
10 Sancho le lleva una carta a Dulcinea.
Don Quijote hace que . . .

B *Cambie las oraciones siguientes según el modelo.*

Ejemplo: Don Quijote hace *caer* al suelo a Sansón.
Don Quijote hace que *caiga* Sansón al suelo.

11 Don Quijote manda *detenerse* a los encamisados.
12 Sancho hará *dormir* al otro escudero.
13 Sansón ha hecho *confesar* al otro caballero.
14 Casildea lo ha mando *ir* por las provincias.
15 El fraile hace *correr* al burro por la campaña.
16 Don Quijote deja *marcharse* el caballero.
17 Sancho logra hacer *entrar* en un bosque a don Quijote.

Ejercicio 2

A Imperativo

Sube en tu asno, Sancho el bueno, y *vente* detrás de mí.

Cambie las oraciones siguientes según el modelo.

Ejemplo: Se *rinde* en seguida.
Ríndete en seguida.

1 Sancho *toma* las alforjas.
2 Sancho *bebe* el bálsamo.
3 Sancho *calla* y *tiene* paciencia.
4 Sancho *mira* cómo son los ejércitos.
5 Sancho se *retira* a una parte.
6 Sancho *hace* una cosa.
7 Sancho *está* atento a lo que pasa.
8 Sancho los *sigue* hasta el bosque.
9 Sancho se lo *pide* a Dios.
10 Sancho se *levanta.*

B Ejemplo: Sancho, *quédate* aquí.
Sancho, no te *quedes* aquí.

1 Sancho, *mira* por ahí. Sancho, no . . . ahí.
2 Sancho, *bebe* el agua. Sancho, no . . . el agua.
3 Sancho, *vuelve* sin verla. Sancho, no . . . sin verla.
4 Sancho, *olvida* lo que te he dicho. Sancho, no . . . lo que te he dicho.
5 Sancho, *responde* a esos caballeros. Sancho, no . . . a esos caballeros.
6 Sancho, *déjame* aquí. Sancho, no me . . . aquí.
7 Sancho, *habla* de esas cosas. Sancho, no . . . de esas cosas.
8 Sancho, *córtale* la cabeza. Sancho, no le . . . la cabeza.
9 Sancho, *confiésales* la verdad. Sancho, no les . . . la verdad.
10 Sancho, *pierde* fe. Sancho no . . . fe.

Ejercicio 3

Para completar

1 Sancho prefiere sufrir . . . que entrar en combate con el otro escudero.
2 El otro se llamaba el caballero de los Espejos porque . . .
3 Le pareció mejor a Sancho . . . para observar la batalla.
4 Según las condiciones de la batalla, el vencido . . .
5 Cuando el otro caballero no se mueve después de caer al suelo, Don Quijote cree que . . .
6 Sancho cree que bajo la apariencia de Sansón Carrasco van a encontrar . . .
7 Tomé Cecial revela su identidad, pues si no lo hace . . .
8 Confiesa Sansón que vale más . . . que toda la persona de Casildea.
9 Don Quijote confesará que Sansón es realmente otra persona si Sansón confiesa que el caballero vencido por él no fue . . .
10 Al final Sansón se encuentra en una situación irónica, pues . . .

Ejercicio 4

Oraciones originales

1 nariz / escudero / dar / miedo / Sancho
2 don Quijote / ayudar / subir / árbol / Sancho
3 magia / poder / transformar / apariencias / cosas
4 don Quijote / deber / meter / espada / boca / bachiller
5 escudero / llevar / nariz / pasta / mano
6 cuando / confesar / Sansón / don Quijote / dar / libertad
7 cuando / vencer / don Quijote / Sansón / perder / identidad

gabán abrigo
correcto cortés y atento
leonero persona que cuida los leones
enviar mandar o hacer que algo llegue a algún sitio

19 La aventura de los leones

I

Don Quijote estaba contento de la victoria ganada al caballero de los Espejos. Este caballero no era otro que el bachiller Sansón Carrasco, quien en combinación con el cura y el barbero había querido hacer volver a don Quijote a su aldea si le vencía en el combate.

Siguió nuestro caballero su ruta hacia Zaragoza, y en el camino, se hizo amigo del caballero del Verde Gabán, quien dijo que se llamaba don Diego de Miranda, y mostró ser persona muy correcta. Los dos caballeros iban en conversación, y Sancho había ido a pedir un poco de leche a unos pastores. Don Quijote, alzando la cabeza, vio que por el camino venía un carro adornado con banderas, y creyendo que debía ser una nueva aventura, llamó a Sancho para que viniese a darle la celada.

— Dame, amigo, la celada, — le dijo, — que yo sé poco de aventuras, o la que se presenta es una que me necesita y me invita a tomar mis armas.

El del Verde Gabán, que oyó esto, miró por todas partes, y no descubrió otra cosa que un carro que hacia ellos venía con dos o tres banderas pequeñas. Estas banderas le dieron a entender que debía de traer cosas de su Majestad y así se lo dijo a don Quijote. Pero él, creyendo que no había en el mundo otra cosa que aventuras, replicó:

— Yo sé por experiencia que tengo enemigos visibles e invisibles y no sé cuándo, ni dónde, ni en qué tiempo ni en qué forma me han de atacar.

II

Llegó el carro de las banderas, en el cual no venía otra gente que el carretero y otro hombre. Don Quijote se puso delante y dijo:

— ¿Adónde vais, hermanos? ¿qué carro es éste? ¿qué lleváis en él? y ¿qué banderas son éstas?

El carretero le respondió: — El carro es mío; en él van dos leones para su Majestad; las banderas son del Rey, nuestro señor.

— Y ¿son grandes los leones? — preguntó don Quijote.

— Tan grandes, — respondió el otro hombre, — que no han pasado mayores de África a España jamás. Yo, que soy el leonero, he pasado otros, pero como éstos, ninguno.

— Leoncitos a mí, — dijo don Quijote. — Echa esas bestias afuera, buen hombre, y en mitad de esta campaña daré a conocer a los encantadores que los envían quién es don Quijote de la Mancha.

aproximarse a acercarse a
proponer aconsejar o indicar
lágrima gota que sale de los ojos cuando uno siente emoción
empresa acción u obra difícil
concierto acuerdo o resolución que toman varias personas después de considerar algo juntos
encomendar poner bajo la protección de
de todo corazón con toda sinceridad
lengua órgano movible situado en la boca

Don Diego de Miranda, que comprendió la locura que don Quijote iba a hacer, se acercó a él y le dijo:

— Señor caballero, los caballeros andantes han de entrar en las aventuras que prometen esperanzas de salir bien de ellas. Porque el valor que se aproxima a la temeridad, tiene más de locura que de heroísmo. Además, estos leones no vienen contra vuestra merced. Van presentados a su Majestad y no será bien detenerlos.

— Deje a cada uno hacer su oficio; éste es el mío, — respondió don Quijote. — Yo sé si vienen a mí o no estos leones.

Y volviéndose al leonero, le dijo: — ¡Eche esas bestias afuera, don canalla, porque si no lo hace, le mataré con esta lanza!

III

El carretero, que vio la determinación de aquel armado fantasma, le suplicó que le dejara quitar las mulas del carro, antes que los leones las matasen.

— ¡Oh hombre de poca fe! — respondió don Quijote; — haz lo que quieras y pronto verás que todo ello es en vano.

Otra vez le propuso el hidalgo que no hiciese semejante locura. A lo que respondió don Quijote que él sabía lo que hacía.

Sancho, con lágrimas en los ojos, le suplicó que desistiese de tal empresa, porque era superior a la de los molinos de viento.

— Mire, señor, — le decía, — que aquí no hay encantamiento.

— Retírate, Sancho, y déjame, — respondió don Quijote; — y si yo muero aquí, ya sabes nuestro concierto. Visitarás a Dulcinea . . . y no te digo más.

Todos se apartaron del carro antes que los leones saliesen; el del Verde Gabán, sobre su yegua; Sancho, sobre su burro; y el carretero con sus mulas.

Mientras el leonero se preparaba para dar libertad a los leones, don Quijote estuvo considerando si sería bien hacer la batalla a pie o a caballo. Determinó hacerla a pie, temiendo que Rocinante se llenara de terror con la vista de los leones. Por esto, bajó del caballo, y con la espada en la mano y el corazón valiente, se fue a poner delante del carro, encomendándose a Dios de todo corazón, y luego a su señora Dulcinea del Toboso.

El leonero abrió la puerta donde estaba uno de los leones.

IV

Lo primero que hizo el león fue sacar la enorme lengua y lavarse la cara. Hecho esto, sacó la cabeza y miró a todas partes con ojos de fuego. Esta vista era suficiente para llenar de terror a la misma temeridad. Sólo don Quijote lo miraba atentamente, deseando que saltase del carro, para hacerle pedazos entre sus manos.

en cuanto a en relación con
valentía cualidad de valiente
desafiar provocar a duelo o combate
ausente que no está presente

Pero el generoso león, más prudente que arrogante, no hizo caso de don Quijote y le volvió la espalda con indiferencia. Don Quijote mandó al leonero que le irritase para echarle fuera.

— Yo no haré eso, — respondió el leonero, — porque si le irrito el primero a quien hará pedazos será a mí mismo. Conténtese vuestra merced con lo hecho que es todo lo que puede pedirse en cuanto a valentía, y no quiera tentar segunda fortuna. Ningún bravo combatiente está obligado a más que a desafiar a su enemigo y esperarle en campaña. El león tiene abierta la puerta y si no sale, la victoria es de vuestra merced.

— Así es verdad, — respondió don Quijote, — cierra, amigo, la puerta.

El leonero la cerró, y don Quijote llamó a los ausentes para que volvieran. Sancho, al llegar, preguntó:

— Y los leones, ¿están muertos o vivos?

Entonces el leonero explicó el fin del encuentro, exagerando el valor de don Quijote, que llenó de terror el corazón del león.

— ¿Qué te parece esto, Sancho? — dijo don Quijote; — ¿hay encantos posibles contra el verdadero valor? Los encantadores podrán quitarme la fortuna, pero el valor y el coraje será imposible.

Preguntas

I

1 ¿Por qué hacía Sansón el papel del caballero de los Espejos?
2 ¿Con quién se encuentra don Quijote camino de Zaragoza?
3 ¿Qué nueva aventura cree ver don Quijote a lo lejos?
4 ¿Qué cosa se ve en verdad?
5 ¿Qué significan las banderas que lleva el carro?
6 ¿Por qué no acepta don Quijote la explicación que le da don Diego?

II

1 ¿Qué gente viene en el carro?
2 ¿Por qué lleva el carro dos leones?
3 ¿Cómo los describe el leonero?
4 ¿Qué le manda hacer don Quijote?
5 ¿Por qué quiere don Quijote pelear con los leones?
6 ¿Cómo trata don Diego de disuadir a don Quijote?
7 ¿Cómo explica don Quijote lo que hace?
8 ¿Por qué deja salir por fin el leonero a los leones?

III

1 ¿Por qué le parece a don Quijote que el carretero tiene poca fe?
2 ¿Cómo responde don Quijote cuando don Diego trata de detenerlo?
3 ¿Cuál es la reacción de Sancho a todo esto?
4 ¿Por qué se retiran las demás personas?
5 ¿Por qué decide don Quijote pelear a pie?
6 ¿Qué hace en preparación para la pelea?

IV

1 ¿Qué hace el león cuando está abierta la puerta?
2 ¿Por qué quiere don Quijote que salte?
3 ¿Por qué dice el narrador que el león es muy prudente?
4 ¿Qué hace el león en vez de salir?
5 ¿Por qué no quiere el leonero irritar al león?
6 ¿Por qué debe de sentirse contento don Quijote, según el leonero?
7 ¿Por qué no está obligado don Quijote a hacer más?
8 ¿En qué sentido ha vencido don Quijote a los encantadores en este episodio?

Ejercicio 1

Subjuntivo

Llama a los ausentes para que *vuelvan.*

Combine la primera oración con lo que sigue para formar una segunda oración según el modelo.

Ejemplo: Dulcinea les *da* su bendición.
Vuelven al Toboso para que Dulcinea les *dé* su bendición.

1 Don Quijote *puede* detenerlo.
El ruido alarma a Rocinante sin que . . .
2 El sol *ve* sus obras.
Esperan el día para que . . .
3 Don Quijote *gana* su gloria.
Sansón ha aparecido para que . . .
4 *Salen* los leones.
Todos se apartan antes de que . . .
5 Nadie lo *ve.*
Don Quijote sale muy temprano sin que . . .
6 Sancho *trae* la celada.
Don Quijote llama para que . . .
7 Los leones las *matan.*
El carretero quiere quitar las mulas antes de que . . .
8 No *dudas.*
— Haz, Sancho, una cosa para que . . .
9 Nadie lo *detiene.*
Sale de la venta sin que . . .
10 Don Quijote se *marcha.*
Juan Haldudo desata a Andrés antes de que . . .

Ejercicio 2

Para completar

1 Camino de Zaragoza, don Quijote se hace amigo de don Diego de Miranda, que también era conocido por . . .
2 Don Quijote cree que tiene otra aventura cuando ve acercarse . . .
3 Don Diego sabe que el carro pertenece al rey por . . .
4 Los hombres que acompañan el carro son . . .
5 Al hablar con don Quijote, don Diego contrasta el valor y el heroísmo con . . . y . . .
6 El leonero no tiene más remedio que abrir la puerta, pues de otra manera . . .
7 Cuando el carretero insiste en quitar las mulas don Quijote lo acusa de . . .
8 Al situarse delante del carro, don Quijote se encomienda primero . . . y después . . .
9 El león parece insultar a don Quijote cuando . . .
10 Según el leonero, lo único que tiene que hacer el bravo combatiente es . . .

Ejercicio 3

Oraciones originales

1 cura / tratar / hacer / volver / pueblo / don Quijote
2 don Quijote / alzar / cabeza / ver / carro / banderas
3 leonero / acostumbrar / pasar / leones / Africa / España
4 carretero / querer / quitar / mulas / antes / echar / leones
5 don Quijote / decidir / hacer / batalla / pie
6 vista / leones / poder / dar / miedo / Rocinante
7 ojos / fuego / león / inspirar / miedo / todos
8 parecer / temeridad / leonero / irritar / león

Ejercicio 4

Estructura: verbo + infinitivo

Complete las oraciones siguientes con el infinitivo indicado, usando una preposición si hace falta.

Ejemplo: Sancho *empieza* . . . (temblar)
Sancho *empieza a* temblar.

1 El ventero quiere . . . (recibir su dinero)
2 El caballero lo invitó . . . (oír su historia)
3 Don Quijote se puso . . . (pensar cómo defenderse)
4 Los pastores deciden . . . (recoger el ganado)
5 Sancho trata . . . (salir sin pagar)
6 Sansón se dedica . . . (vencer a don Quijote)
7 El vizcaíno promete . . . (dirigirse al Toboso)
8 Andrés sale . . . (buscar a don Quijote)
9 Le ayudó . . . (subir sobre su burro)
10 Maritornes se acercó . . . (darle de beber)
11 Don Quijote había . . . (castigarlo otra vez)
12 Se acordó . . . (traer unas camisas limpias)
13 En ese momento terminó . . . (desatar a Andrés)
14 Sancho no puede . . . (creer lo que ve)
15 Todos se prepararon . . . (recibir a don Quijote)

retablo pequeño teatro para títeres; **títere** = figurilla que se mueve con cuerdas o metiendo la mano dentro de ella
partida acción de partir o salir
bodas ceremonia matrimonial
cueva caverna
anochecer comenzar la noche
rebuzno sonido vocal del asno
funcionario persona que trabaja en la administración pública
mono animal mamífero primate que se parece notablemente al hombre
candelilla candela pequeña
artificio engaño o simulación; **figura de artificio** = **títere**
varilla palo pequeño
Carlomagno rey de los francos y emperador de Occidente a fines del siglo octavo

20 El retablo de maese Pedro

I

Don Quijote y Sancho estuvieron cuatro días en casa de don Diego de Miranda y después de mutuos ofrecimientos partieron. El día que siguió a su partida llegaron a un lugar donde habían de celebrarse unas bodas, entre Camacho el rico y Quiteria la hermosa, contra los deseos de Basilio el pobre. En estas bodas hubo grandes fiestas y tan enorme abundancia de cosas de comer que confundieron el apetito de Sancho.

Tres días después don Quijote y Sancho, con un guía que les dieron, fueron a la cueva de Montesinos donde entró nuestro caballero. Estuvo allí solamente una hora. Cuando salió dijo que había visto y tocado tantas cosas que ni el mismo Sancho las creyó jamás.

Al anochecer de aquel día llegaron a una venta donde hallaron a un arriero con un mulo cargado de lanzas. El arriero les explicó el motivo de tal armamento, que era para una batalla entre dos pueblos, uno de los cuales era llamado "el pueblo del rebuzno," por un incidente entre dos funcionarios que sabían imitar muy bien el rebuzno de los asnos. Don Quijote quiso estar presente en aquel original encuentro y tomar parte en la batalla. Pero un rebuzno inoportuno de Sancho hizo volver las armas contra él y contra su señor, que trató de defenderle.

Otro día, estando en la misma venta, llegó un hombre con un carro en el cual llevaba un mono y un retablo. El mono contestó a algunas preguntas que le hizo don Quijote y el hombre, que se llamaba maese Pedro, preparó el retablo en el patio de la venta.

II

Llegó maese Pedro a buscar a don Quijote y decirle que ya estaba en orden el retablo. Le invitó a que viniese a verlo porque bien lo merecía.

Don Quijote y Sancho aceptaron la invitación y fueron al patio donde estaba el retablo adornado con muchas candelillas.

Entonces maese Pedro se metió dentro de él para manejar las figuras de artificio, y fuera puso a un muchacho para interpretar y explicar los misterios del retablo. El muchacho tenía una varilla en la mano, con que indicaba las figuras que salían. Todos los que estaban en la venta vinieron a ver la representación, y don Quijote y Sancho ocuparon los mejores lugares.

Era la historia de una dama, hija de Carlomagno, que estaba cautiva de los moros en un antiguo castillo de Zaragoza. Al pie de la torre donde la dama se encuentra prisionera, llega un caballero y comienza una conversación con ella. Pronto se descubre y revela que es el esposo de la dama que viene secretamente

lograr obtener
tocar ¡al arma! llamar a los soldados para tomar las armas
alcanzar capturar o coger
descabezar cortar la cabeza
hacienda posesiones
reclamar pedir
a costa de a expensas de
liberal generoso

para lograr su libertad. La dama baja del balcón de la torre y el caballero la pone sobre su caballo que muestra su contento por la valiente y hermosa carga de su señor y su señora. En pocos momentos salen de la ciudad, alegres y regocijados. Pero el rey moro de Zaragoza recibe noticias de la libertad de la dama y manda tocar ¡al arma! Se oye el ruido de trompetas y tambores, y aparecen muchas figuras de moros a caballo y bien armados que van detrás de los dos amantes.

El muchacho expresa su opinión de que los han de alcanzar.

III

A don Quijote, viendo y oyendo a tantos moros y tanto ruido, le pareció ser bien socorrer a los perseguidos. Y levantándose en pie, dijo en alta voz:

— No consentiré yo que en mis días y en mi presencia se ataque a tan noble caballero como ése. ¡Deteneos, mal nacida canalla; no le sigáis, ni persigáis; si no, entraréis conmigo en batalla!

Y diciendo y haciendo, tomó la espada, y se puso junto al retablo. Con acelerada furia comenzó a dar golpes sobre las figuras de moros, descabezando a unos y haciendo pedazos a otros. Uno de los golpes estuvo a punto de cortarle la cabeza a maese Pedro, que daba voces diciendo:

— Deténgase vuestra merced, señor don Quijote, y mire que éstos que descabeza y mata no son verdaderos moros, sino unas figurillas de pasta. Mire, que destruye toda mi hacienda.

Mas no por eso dejó de dar infinidad de golpes con la espada. Finalmente en pocos momentos cayó al suelo todo el retablo con todas sus figuras hechas pedazos.

Todos los presentes estaban alarmados, y hasta el mismo Sancho juró que jamás había visto a su señor tan furioso.

Cuando don Quijote se calmó un poco, maese Pedro se lamentó de su pérdida y reclamó el precio y valor de sus reyes, emperadores, damas, moros y caballos. Todo lo pagó Sancho por orden de su señor, y todos cenaron en paz y en buena compañía, a costa de don Quijote que era liberal en extremo.

Preguntas

I

1 ¿Qué aventuras tienen don Quijote y Sancho después de abandonar la casa de don Diego?
2 ¿Por qué le gustaron a Sancho las bodas de Camacho?
3 ¿Por qué lleva el arriero una carga de lanzas?
4 ¿Qué habilidad rara tienen los dos funcionarios?
5 ¿Por qué no participa don Quijote en la batalla?
6 ¿Quién es maese Pedro?
7 ¿Qué es un retablo?

II

1 ¿Dónde tiene preparado maese Pedro el retablo?
2 ¿Qué trabajo le toca a maese Pedro?
3 ¿Qué hace el muchacho que trabaja para maese Pedro?
4 ¿Quiénes son el héroe y la heroína del drama?
5 ¿Por qué se enoja el rey moro?
6 ¿Qué situación dramática describe el muchacho al final de la historia?

III

1 ¿Por qué interrumpe don Quijote la narración del muchacho?
2 ¿Qué hace don Quijote para remediar la situación?
3 ¿Qué palabras le dirige maese Pedro?
4 ¿Cuándo terminó don Quijote el ataque al retablo?
5 ¿Cómo resuelve don Quijote la pérdida que sufre maese Pedro?
6 ¿Qué posible explicación hay por la furia violenta de don Quijote?
7 ¿Qué significa su generosidad al final?
8 ¿En qué sentido es natural hacer lo que don Quijote hace?

Ejercicio 1

Estructura: *se* impersonal

Se descubre que el caballero es su esposo.

A *Cambie las oraciones siguientes según el modelo.*

Ejemplo: *Ven* a lo lejos una venta.
Se ve a lo lejos una venta.

1 *Oyen* el ruido de trompetas.
2 No *deben* atacar a tan noble caballero.
3 Esto es todo lo que *pueden* pedir.
4 *Presentan* una aventura para don Quijote.
5 La primera cosa que *ofrecen* es la nariz del escudero.
6 Sancho toma venganza del agravio que *hacen* a su burro.
7 Tenía otra representación en el pueblo que desde allí *veían.*
8 ¿Hasta dónde *extiende* la malicia de los encantadores?
9 Las señoras son tan elegantes como *pueden* desear.
10 Le *echan* agua por todo el cuerpo.

B *Cambie las oraciones siguientes al poner en plural el sustantivo según el modelo.*

Ejemplo: Se pone *una piedra* en el saco.
Se pone *unas piedras* en el saco.

11 Se quema su *libro.*
12 ¿Cómo se ha de tratar el *burro?*
13 Se trae un *jarro* de agua fría.
14 A lo lejos se ve la *polvareda.*
15 Se destruyó la *figurilla* del retablo.
16 ¿Cuándo se celebra la *boda?*
17 Se preparó el *retablo* en el patio.
18 No se espera la *prueba.*
19 Se rompió la *lanza.*
20 Se debe seguir el *consejo.*

Ejercicio 2

Para completar

1 Después de dejar a don Diego, don Quijote y Sancho llegan a un sitio donde . . .
2 La aventura que tienen con Basilio y Quiteria le interesa mucho a Sancho, pues . . .
3 En la venta se les cuenta la historia de dos funcionarios que tienen la rara y curiosa habilidad de . . .
4 Cuando llega a la venta maese Pedro al día siguiente, todos se encuentran con la oportunidad de . . .
5 Al muchacho le tocaba hacer un papel muy importante en el retablo, pues . . .
6 El caballero de la historia tiene que llegar secretamente porque . . .
7 Para despertar simpatía por el drama, el muchacho comenta a los espectadores que el caballo del héroe . . .
8 La situación se hace muy emocionante cuando parece que las tropas del rey moro . . .
9 Maese Pedro tiene motivo por quejarse cuando don Quijote . . .
10 El fin de este episodio es distinto de otros muchos porque . . .

Ejercicio 3

Oraciones originales

1 después / pasar / hora / cueva / don Quijote / narrar / experiencias
2 conocer / arriero / venta / mulo / cargado / lanzas
3 rebuzno / Sancho / despertar / furia / gente / pueblos
4 muchacho / manejar / varilla / mano / explicar / retablo
5 dama / encontrarse / cautivo / castillo / moros
6 esposo / llegar / torre / llevarse / dama
7 soldados / rey / salir / caballo / perseguir / amantes
8 don Quijote / mandar / pagar / figuras / retablo

Ejercicio 4

Ser / estar

Complete las oraciones siguientes con ser *o* estar.

1 Abrió la puerta donde . . . el león.
2 ¿Qué banderas . . . éstas?
3 ¿. . . muertos los leones?
4 Lo primero que hizo . . . sacar la lengua.
5 . . . imposible quitarme el valor.
6 Esta vista . . . suficiente para llenar de miedo a todos.
7 Ningún combatiente . . . obligado a tanto.
8 Esta empresa . . . superior a todas las otras.
9 Don Quijote . . . contento de su victoria.
10 Uno de los golpes . . . a punto de cortarle la cabeza.
11 Don Diego parece . . . persona muy correcta.
12 La historia . . . de una hija de Carlomagno.
13 Don Quijote quiso . . . presente en el encuentro.
14 Ya . . . en orden el retablo.
15 Este caballero no . . . otro que Sansón Carrasco.
16 La lanza que tenía . . . grandísima.
17 Dijo que . . . tentado a decirle la verdad.
18 . . . costumbre en Andalucía pelear así.
19 "Dime con quién andas y te diré quién . . ."
20 Las aldeanas . . . atónitas al ver a don Quijote.

Ebro río que pasa por Zaragoza
curso movimiento del agua
renovar resucitar o despertar
remo instrumento largo y delgado que se usa para mover los barcos
orilla línea como el margen del río que limita una zona
derecho directo
en contrario distinto
estilo costumbre o modo peculiar
a la mano de bajo la protección de
descargar aliviar
pescador persona que coge peces u otros animales que viven en el agua; **pez** = animal vertebrado acuático
cuerda cordón o cable
caro querido

21 La aventura del barco encantado

I

Al día siguiente dejaron la venta despidiéndose de todos, y Sancho pagó liberalmente al ventero por orden de su señor. Dos días después llegaron don Quijote y Sancho al río Ebro. Don Quijote admiró la claridad y abundancia de sus aguas y la calma de su curso, cuya alegre vista renovó en su memoria mil amorosos pensamientos. Yendo, pues, de esta manera, vieron un pequeño barco sin remos que estaba atado en la orilla a un tronco de un árbol. Miró don Quijote a todas partes y no vio a nadie; y luego, sin pensarlo mucho, bajó de Rocinante y mandó a Sancho que hiciese lo mismo del burro y que atase a las dos bestias juntas al tronco de otro árbol que allí estaba.

Sancho le preguntó la causa de todo aquello. Respondió don Quijote:

— Has de saber, Sancho, que este barco que aquí está, derechamente y sin poder ser otra cosa en contrario, me está invitando a que entre en él y vaya a dar socorro a algún caballero o a otra necesitada y principal persona que debe de estar en necesidad de ayuda. Porque éste es el estilo de los libros de historias de caballeros y de los encantadores que en ellas intervienen. Así, ¡oh Sancho!, ata juntos al burro y a Rocinante, y vamos a la mano de Dios que nos guiará. Por nada del mundo dejaré de embarcarme.

— Pues siendo así — respondió Sancho — que vuestra merced quiere hacer a cada paso estos absurdos, no hay sino obedecer y bajar la cabeza, considerando el proverbio que dice: "haz lo que tu amo te manda, y siéntate con él a la mesa." Pero, con todo esto, y para descargar mi conciencia, quiero decir a vuestra merced que a mí me parece que este barco no es de los encantados, sino de algunos pescadores de este río.

II

Mientras decía esto, Sancho ataba las bestias dejándolas a la protección de los encantadores con gran dolor de su corazón.

— Ya están atados, — replicó Sancho — ¿qué hemos de hacer ahora?

— ¿Qué? — respondió don Quijote, — embarcarnos y cortar la cuerda con que este barco está atado.

Y dando un salto en él, siguiéndole Sancho, cortó la cuerda y el barco se apartó poco a poco de la orilla. Cuando Sancho se vio en el río, comenzó a temblar, temiendo su perdición. Pero ninguna cosa le preocupó más que el oír rebuznar al burro y ver que Rocinante trataba de desatarse. Así, le dijo a su señor:

— El burro rebuzna porque está triste a causa de nuestra ausencia, y Rocinante trata de ponerse en libertad para venir con nosotros. ¡Oh carísimos

paz tranquilidad; *cfr.* **pacífico**
desengaño desilusión
llorar hacer caer las lágrimas
tabla porción de madera plana y delgada; **madera** = sustancia para la construcción que se obtiene de los árboles
oprimido subyugado
moler convertir en pedazos muy pequeños por golpes o presión; *cfr.* **molino**
trigo cereal que se usa comúnmente para hacer pan; (= inglés *wheat*)
rueda disco o cuerpo circular que se mueve alrededor de un punto inmóvil; *cfr.* **rodar.** *Ejemplo:* La bicicleta tiene dos ruedas.
harina polvo a que se reducen los cereales al molerlos
desesperado sin esperanza o deseos de seguir viviendo
salir al encuentro de (alguien) ir hacia (alguien) por el mismo camino en dirección contraria
oponerse ponerse en oposición
término fin

amigos!, quedaos en paz, y quiera el cielo que la locura que nos aparta de vosotros, convertida en desengaño, nos vuelva a vuestra presencia.

Y en esto, comenzó a llorar tan copiosamente, que don Quijote, disgustado y colérico, le dijo:

— ¿Qué temes, cobarde criatura? Tú vas sentado en una tabla como un archiduque, navegando el curso de este agradable río, de donde saldremos al ancho mar. Pero ya debemos de haber salido y caminado lo menos setecientas u ochocientas leguas.

— Yo no creo nada de eso — respondió Sancho, — porque yo veo con mis propios ojos que allí están Rocinante y el burro en el mismo lugar donde los dejamos.

En esto descubrieron unos grandes molinos de agua que en la mitad del río estaban; y apenas los vio don Quijote, cuando con voz alta dijo a Sancho:

— ¿Ves? Allí ¡oh amigo! se descubre la ciudad, castillo o fortaleza donde debe de estar algún caballero oprimido o alguna reina o princesa prisionera.

III

— ¿Qué diablos de ciudad, fortaleza o castillo dice vuestra merced, señor? — dijo Sancho. — ¿No ve que aquéllos son molinos de agua que están en el río donde se muele el trigo?

— Calla, Sancho — dijo don Quijote; — que aunque parecen molinos, no lo son; y ya te he dicho que los encantos transforman todas las cosas de su ser natural. No quiero decir que transformen las cosas realmente, sino en apariencia, como lo mostró la experiencia en la transformación de Dulcinea.

En esto, el barco, entrando en el centro de la corriente del río, comenzó a navegar no tan lentamente como hasta entonces. Los molineros, que vieron venir aquel barco por el río y que iba hacia las ruedas, salieron prontamente muchos de ellos a detenerlo con palos largos. Como venían cubiertos del polvo de la harina, representaban una mala vista. Daban grandes voces diciendo:

— ¡Demonios de hombres! ¿Adónde vais? ¿Venís desesperados? ¿Qué queréis?

— ¿No te dije yo, Sancho, — dijo don Quijote, — que habíamos llegado donde yo he de mostrar el valor de mi brazo? Mira cuántos monstruos me salen al encuentro. Mira cuántas horribles figuras se me oponen. Pues ¡ahora lo verán!

Y puesto en pie en el barco, con grandes voces comenzó a amenazar a los molineros, diciéndoles:

— Horrible y mal aconsejada canalla, dejen en libertad a la persona, alta o baja, que en ese castillo o prisión tienen prisionera. Yo soy don Quijote de la Mancha, llamado el *Caballero de los Leones* por otro nombre. Por orden de los altos cielos me está reservado poner término feliz a esta aventura.

Y diciendo esto, tomó su espada y comenzó a agitarla en el aire contra los molineros.

ganso ave doméstica de plumaje blanco y gris, pico color de naranja y pies algo rojos
fondo la parte más baja de una concavidad
discutir disputar o argumentar
predicar pronunciar un sermón
desierto lugar árido donde no hay vegetación
intentar tratar de hacer
concertarse ponerse de acuerdo o de la misma opinión; *cfr.* **concierto**

IV

El barco iba entrando en el canal de las ruedas y los molineros se pusieron con sus palos a detenerlo. Sancho se puso de rodillas, pidiendo devotamente al cielo que le librase de tan manifiesto peligro. Así lo hizo por la industria y rapidez de los molineros, que oponiéndose con sus palos al barco, lo detuvieron, pero sin poder evitar que don Quijote y Sancho cayeran al agua. Aunque don Quijote sabía nadar como un ganso, el peso de las armas le llevó dos veces al fondo. Y si no fuera por los molineros que los sacaron del río, allí hubieran muerto los dos.

Llegaron en esto los pescadores dueños del barco que había sido destruido por las ruedas de los molinos. Atacaron a Sancho y pidieron a don Quijote que les pagase el barco, pero él dijo con gran calma que solamente pagaría con una condición: que le diesen enteramente libre a la persona o personas que en aquel castillo estaban prisioneras.

— ¿Qué persona o qué castillo — respondió uno de los molineros — dice este hombre sin juicio?

Don Quijote no deseó discutir con aquella canalla, pensando que hacerlo era como predicar en desierto. Imaginó que en aquella aventura debía de haber dos encantadores, y lo que uno intentaba el otro lo impedía; uno le había dado el barco pero el otro le había hecho caer en el río.

Y mirando a los molinos y alzando la voz, dijo:

— Amigos, que en esa prisión quedáis, perdonadme. Esta aventura está reservada para otro caballero.

Entonces se concertó con los pescadores y pagó por el barco cincuenta reales que los dio Sancho de muy mala gana.

Y este fin tuvo la aventura del encantado barco.

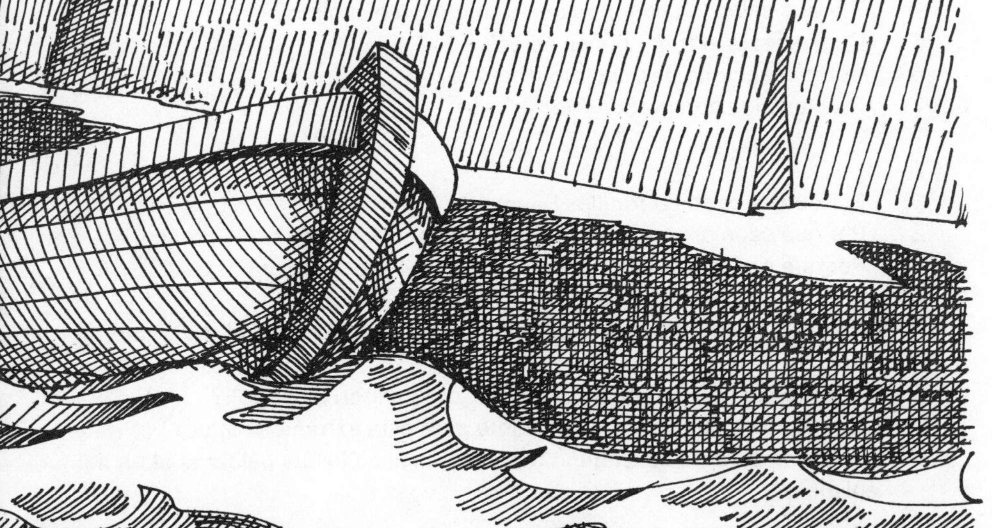

Preguntas

I

1 ¿Qué cambio significativo se ve en don Quijote cuando está dispuesto a pagar los títeres que ha destruido?
2 ¿Cuál es su reacción al llegar al río Ebro?
3 ¿Qué nueva aventura encuentran allí?
4 ¿Por qué baja don Quijote de Rocinante?
5 ¿Cómo interpreta la situación en que se halla?
6 ¿Por qué decide hacer Sancho lo que hace su amo?
7 ¿Cómo interpreta Sancho la aventura?

II

1 ¿Dónde dejan los dos sus bestias?
2 ¿Por qué tiembla Sancho al verse apartado de la orilla?
3 ¿Qué cosa le preocupa más?
4 ¿Cómo reacciona don Quijote a las lágrimas de Sancho?
5 ¿Por qué tiene duda Sancho?
6 ¿Qué ve don Quijote en la mitad del río?
7 ¿Cómo interpreta lo que ve?

III

1 ¿Qué ve Sancho en el río?
2 ¿Cómo transforman las cosas los encantadores, según don Quijote, si no lo hacen en verdad?
3 ¿Qué importancia ha tenido para él la famosa "transformación" de Dulcinea?
4 ¿Por qué salen los hombres que trabajan en el molino?
5 ¿Qué aspecto extraño tienen éstos?
6 ¿Cómo reacciona don Quijote al verlos?
7 ¿Qué les pide con grandes voces?

IV

1 ¿Por qué se pone de rodillas Sancho?
2 ¿Por qué caen al agua don Quijote y Sancho?
3 ¿Por qué no le sirve mucho a don Quijote el saber nadar?
4 ¿Por qué se quejan los pescadores al llegar al molino?
5 ¿Con qué condición está dispuesto don Quijote a pagar el daño que ha hecho?
6 ¿Qué significado tienen las palabras "predicar en desierto"?
7 ¿Qué explicación ofrece don Quijote para esta extraña aventura?
8 ¿Qué elemento de desengaño representan sus últimas palabras al fin del episodio?

Ejercicio 1

Subjuntivo

Será necesario que don Quijote *muestre* todo su valor.

Combine la primera oración con lo que sigue para formar otra oración según el modelo.

Ejemplo: El león *mata* (matará) a don Quijote.
Es posible que el león *mate* a don Quijote.

1 Don Quijote *vende* algunas tierras.
Es necesario que . . .

2 Tres caballos blancos *parecen* burros.
¿Es posible que . . .

3 Sancho *toma* venganza.
Es necesario que . . .

4 Juan Haldudo *paga* a Andrés.
Es importante que . . .

5 No *vuelve* a probar la celada.
Más vale que . . .

6 Don Quijote se *hace* caballero andante.
Es preciso que . . .

7 Los mercaderes *tienen* fe.
Es importante que . . .

8 Las mujeres no *entienden* a don Quijote.
Es probable que . . .

9 Las aldeanas *son* feas.
No importa que . . .

10 Sancho se *olvidará* de su desgracia con la manta.
Es imposible que . . .

11 Don Quijote *imita* sus libros.
Hace falta que . . .

12 Dulcinea *existe* en realidad.
Es improbable que . . .

Ejercicio 2

Para completar

1 Al ver el río Ebro, don Quijote volvió a pensar . . .
2 Don Quijote decide tomar el barco para . . .
3 Sancho cita un proverbio, según el cual no hay más remedio que . . .
4 Don Quijote reconoce que los animales son en verdad sus amigos cuando éstos . . .
5 Don Quijote se pone colérico cuando Sancho . . .
6 Para don Quijote hay un paralelo entre la transformación de Dulcinea y la de los molinos de agua, pues en los dos casos . . .
7 Los molineros ven la necesidad de detener el barco de don Quijote antes que llegue . . .
8 Gracias a Dios que los molineros logran . . . pues de otra manera termina con este episodio toda la historia.
9 Es muy significativo que don Quijote no quiere . . . ya que le parece que será completamente inútil.
10 Se ve otro paralelo entre este episodio y la aventura del retablo cuando don Quijote . . .

Ejercicio 3

Oraciones originales

1 al / dejar / venta / despedirse / todos
2 barco / quedar / atado / orilla / tronco / árbol
3 Sancho / ofrecer / opinión / amo / aliviar / conciencia
4 preocupar / Sancho / oír / rebuzno / burro
5 si / navegar / curso / río / salir / mar
6 molineros / llevar / palos / detener / barco
7 reservado / estar / don Quijote / poner / fin / aventura
8 peso / armas / llevar / don Quijote / fondo / río

Ejercicio 4

por / para

Complete las oraciones siguientes con la preposición por *o* para.

1 Sancho lo pagó todo . . . orden de don Quijote.
2 Llegó secretamente el esposo . . . lograr su libertad.
3 El caballo se muestra contento . . . la carga que lleva.
4 Don Diego miró . . . todas partes pero no vío nada.
5 Situó a un muchacho al lado . . . interpretar la escena.
6 El incidente fue suficiente . . . ponerle miedo a Sancho.
7 Don Quijote sabe . . . experiencia que tiene enemigos.
8 Deseaba pelear con el león . . . hacerle pedazos.
9 Sancho subió al árbol . . . miedo.
10 Trató de meter la espada . . . la boca del caído.
11 El leonero se preparó . . . dejar saltar al león.
12 —¡Cuidado, es gente favorecida . . . la justicia!
13 Tomó la espada . . . poner en efecto el consejo de Sancho.
14 Sansón sabe un remedio . . . eso.
15 Todos juzgaron . . . sus palabras lo que iba a hacer.

Merlín personaje capacitado en las artes mágicas que figura mucho en los libros de caballerías
azote golpe que se da a alguien con un instrumento
paje joven que sirve a un caballero
a la vuelta al volver
tonto estúpido
vendar poner una venda para cubrir, por ejemplo los ojos o una herida

22 En casa de los duques

I

Al otro día por la tarde don Quijote y Sancho se hallaron con unos duques, los cuales los llevaron a su castillo. El duque y la duquesa habían leído la historia de las aventuras de nuestro famoso hidalgo y de su no menos famoso escudero. Por eso se alegraron de poderlos tener en su casa, donde tenían intención de tratarlos a la manera de los libros de caballerías. Pensaban, además, hacerles algunas burlas con apariencias de aventuras.

La primera de ellas fue una fantástica procesión donde iba Dulcinea encantada. El encantador Merlín — aquél que las historias dicen que tuvo por padre al diablo — anunció que para desencantarla era necesario que Sancho se diese tres mil trescientos azotes. No fue posible que Sancho aceptara el sacrificio, y cuando don Quijote amenazó dárselos él mismo, dijo Merlín:

— No ha de ser así, porque los azotes que ha de recibir el buen Sancho han de ser por su voluntad y no por fuerza.

El mayordomo de los duques, que con los criados y pajes había inventado la aventura de Merlín, inventó otras. Así hubo aventuras todos los días.

Una noche, en el jardín de los duques, presentaron a don Quijote un caballo de madera. Le dijeron que era un caballo mágico que se llamaba Clavileño y que lo enviaba un encantador para que don Quijote fuera por los aires a hacerle una visita. Era condición especial que Sancho montara con su señor en el mágico caballo y que los dos llevaran los ojos cubiertos con una venda.

II

Antes de subir sobre Clavileño, llamó don Quijote aparte a su escudero entre unos árboles del jardín y le dijo:

— Ya ves, Sancho hermano, el largo viaje que nos espera y que sabe Dios cuándo volveremos de él. Yo quisiera que ahora te dieses por lo menos quinientos azotes a buena cuenta de los tres mil trescientos a que estás obligado.

— A la vuelta, — respondió Sancho, — yo le prometo a vuestra merced cumplir con mi obligación.

Y don Quijote respondió:

— Pues con esa promesa, buen Sancho, voy consolado, porque, en efecto, aunque eres tonto, dices la verdad.

Entonces, don Quijote subió sobre Clavileño sin vacilar, pero Sancho lo hizo lleno de terror. Les vendaron los ojos, y empezó la apariencia de volar por los aires. Con una fuerte corriente de aire que los criados del duque produjeron artificialmente, les hicieron creer que iban volando a gran velocidad.

gobierno administración o acción de gobernar
campana instrumento de metal en forma de vaso o copa invertida que suena al golpearlo
licencia autorización o permiso

El duque y la duquesa oían los comentarios de los dos valientes con extraordinario contento. La aventura terminó con la destrucción del caballo de madera que llevaba dentro unas materias explosivas.

Sancho, que no había visto nada, imitó la fantasía de don Quijote en la cueva de Montesinos, inventando visiones imposibles.

Siguió a ésta la aventura de Altisidora, una doncella de la duquesa que fingió enamorarse de don Quijote.

III

La última y más notable aventura que hubo durante este tiempo fue el gobierno que el duque dio a Sancho, de la ínsula Barataria. Como don Quijote había prometido a Sancho darle una ínsula, el duque le asignó una aldea de su propiedad donde todos tenían instrucciones para recibir a Sancho como gobernador. Antes de salir para su gobierno recibió Sancho de su señor don Quijote muy prudentes consejos para su persona y conducta.

Sancho gobernó poco tiempo, pero lo hizo bien, siguiendo los consejos de su señor y administrando justicia con mucho sentido común.

No faltaron las burlas en el gobierno, pero la más desagradable para Sancho fue la intervención del doctor Pedro Recio en las comidas del gobernador. Este médico, que estaba siempre presente cuando Sancho se sentaba a la mesa, le prohibía comer los platos mejores con el pretexto de proteger el estómago de Su Excelencia.

Estando Sancho en su cama la séptima noche de su gobierno, oyó gran ruido de campanas y voces. Se levantó y vio venir más de veinte personas anunciando que habían entrado en la ínsula infinitos enemigos. En la falsa batalla que siguió para la defensa de la ínsula, recibió Sancho tantos golpes, que, tan pronto como pudo, fue por su burro y abandonó el gobierno para volver al lado de su señor don Quijote.

Cuando Sancho llegó al palacio, nuestros héroes tomaron licencia de los duques para continuar su camino.

Preguntas

I

1 ¿Cómo se explica que los duques ya conocen a don Quijote y a Sancho?
2 ¿Por qué los invitan a vivir con ellos en su palacio?
3 ¿Cómo los van a tratar?
4 ¿Quién es Merlín?
5 ¿Qué sacrificio tiene que hacer Sancho?
6 ¿Por qué es probable que no le guste hacerlo?
7 ¿Quién es Clavileño?
8 ¿Qué condición especial ponen para el uso del caballo?

II

1 ¿Por qué quiere hablar don Quijote con Sancho aparte?
2 ¿Qué favor le pide?
3 ¿Cómo consigue Sancho consolar a su amo?
4 ¿Por qué tiene miedo Sancho al subir sobre Clavileño?
5 ¿Cómo se explica que don Quijote y Sancho tienen la impresión de estar volando por el aire?
6 ¿Qué gusto reciben los duques de esta aventura?
7 ¿Qué relación tiene este episodio con la cueva de Montesinos?

III

1 ¿Qué tipo de ínsula es Barataria?
2 ¿Qué influencia tiene don Quijote sobre la experiencia de Sancho como gobernador?
3 ¿Por qué no le gusta a Sancho el doctor Pedro Recio?
4 ¿Por qué le prohibe comer este médico?
5 ¿Qué le pasa a Sancho la última noche de su gobierno?
6 ¿Por qué decide Sancho al fin abandonar la ínsula?

Ejercicio 1

Estructura negativa

Don Quijote miró a todas partes y *no* vio a *nadie.*

A *Complete las oraciones siguientes con palabras negativas escogidas del grupo que se presenta a continuación.*

nada	ninguno	nunca
nadie	no	ni

1 Sancho . . . tiene interés en pelear.
2 Juan Haldudo . . . quiere pagarle . . . a Andrés.
3 Según la sobrina, don Quijote . . . debe salir a . . . parte.
4 Sancho . . . ha visto . . . a Dulcinea.
5 El ventero . . . puede ofrecer a don Quijote . . . cama.
6 En la oscuridad . . . se puede ver a . . .
7 . . . le gustan los libros . . . al ama . . . a la sobrina.
8 Los mercaderes . . . quieren confesar . . .
9 . . . puede . . . debe sacar la espada contra ellos.
10 De los gigantes que nombraba don Quijote, Sancho . . . podía ver a . . .

B *Traduzca las oraciones siguientes al español*

1 No one understands Don Quijote.
2 Sancho doesn't have an island yet.
3 Don Quijote is looking for neither gold nor silver.
4 Maritornes cannot see anyone.
5 None of the mercaderes have faith.
6 The Moorish King will never catch the princess.
7 Doesn't Sancho have anything to eat?
8 The poor friar cannot go anywhere.
9 The innkeeper doesn't see the giant either.
10 No one ever sees Dulcinea.

Ejercicio 2

Para completar

1 Cuando don Quijote y Sancho llegan al palacio de los duques, éstos se proponen . . .
2 Si van a desencantar a Dulcinea, le corresponde a Sancho . . .
3 Una de las burlas famosas de los duques trata de . . . que los dos han de montar.
4 Según una de las condiciones del viaje, Sancho . . .
5 Don Quijote determina aceptar la palabra de Sancho porque . . .
6 Los duques les dan la impresión de estar volando en realidad por medio de . . .
7 Lo que especialmente divierte a los duques durante el viaje imaginario son . . .
8 Aunque Sancho cree ser gobernador de ínsula verdadera, lo que gobierna no es más que . . .
9 Como una burla el médico de la ínsula le prohibe a Sancho . . .
10 Sancho decide abandonar el gobierno de Barataria cuando . . .

Ejercicio 3

Oraciones originales

1 duques / invitar / don Quijote / palacio / hacer / burlas
2 Sancho / haber / darse / azotes / desencantar / Dulcinea
3 caballo / madera / servir / llevar / los dos / aire
4 Sancho / preferir / cumplir / sacrificio / vuelta
5 duques / meter / explosivas / interior / caballo
6 doncella / duquesa / fingir / enamorarse / don Quijote
7 Sancho / encontrarse / obligado / defender / ínsula / enemigos
8 Sancho / buscar / burro / volver / lado / amo

Ejercicio 4

Estructura: complemento indirecto

Don Quijote irá por los aires a hacer*le* una visita *al encantador.*

Cambie las oraciones siguientes según el modelo.

Ejemplo: Don Quijote ha prometido dar una ínsula. (a Sancho)
Don Quijote ha prometido dar*le* una ínsula *a Sancho.*

1 Don Quijote amenaza dar los golpes él mismo. (a él)
2 Los duques piensan hacer algunas burlas. (a los dos)
3 Después de subir vendan los ojos. (a los dos)
4 El duque asigna una aldea para la burla. (a Sancho)
5 Pedro Recio quita los mejores platos. (a Sancho)
6 Piden licencia para seguir su camino. (a los duques)
7 Don Quijote decide pagar el barco. (a los pescadores)
8 El arriero explica el motivo del armamento. (a don Quijote)
9 No puede ver la cara. (al otro caballero)
10 Don Quijote se aparta para ofrecer consejos. (a Sancho)

hacer vida de campo vivir en el campo al estilo rústico
poner (la mesa) poner (en la mesa) el servicio necesario para comer, por ejemplo los platos y los utensilios
agradecimiento acción de dar las gracias; *cfr.* **agradecer**
atreverse a tener suficiente resolución o audacia para
por (estudiante) que (sea) = aunque (sea estudiante)
contradecir decir lo contrario de lo que dice otro; *cfr.* **contradicción**
sorprender causar maravilla o sorpresa
propósito intención
gente de a pie gente que va a pie
prado terreno llano de cierta vegetación que sirve de comer para el ganado

23 La aventura de los toros

I

Después de encontrar a unos aldeanos que llevaban unas santas imágenes para la iglesia de su aldea, llegaron a un bosque donde hallaron a unas familias de ricos hidalgos que hacían vida de campo. Fueron muy bien recibidos y hallaron las mesas puestas, ricas, abundantes y limpias. Allí comieron muy bien y al terminar de comer, don Quijote pronunció un discurso sobre la virtud del agradecimiento. Terminó la elocuente disertación con estas palabras:

— Yo, pues, agradecido por la cortesía que aquí se me ha hecho, ofrezco lo que puedo y tengo. Así, digo que mantendré por dos días en este camino real que va a Zaragoza, que estas señoras son las más hermosas que hay en el mundo, exceptuando sólo a la sin par Dulcinea del Toboso.

Sancho, que con gran atención le había estado oyendo, dijo:

— ¿Es posible que haya en el mundo personas que se atrevan a decir que mi señor es loco? Digan vuestras mercedes: ¿Hay cura de aldea, por estudiante que sea, que pueda decir lo que mi amo ha dicho, o hay caballero andante, por más fama que tenga de valiente, que pueda ofrecer lo que mi señor ha ofrecido?

Don Quijote se volvió a Sancho, y le dijo:

— ¿Es posible ¡oh Sancho! que haya en todo el mundo una persona que diga que no eres tonto? Calla y no repliques, sino ensilla a Rocinante. Vamos a poner en efecto mi ofrecimiento, y ya puedes dar por vencidos a cuantos quieran contradecirme.

Y con gran furia se levantó de la silla, dejando sorprendidos a todos los presentes que dudaban si era loco o no.

II

Todos trataron de convencer a don Quijote de que no eran necesarias nuevas demostraciones de su conocido valor. Pero nuestro caballero insistió en su propósito y montando sobre Rocinante, tomó su escudo y su lanza y salió al camino real seguido de su fiel Sancho. También le siguieron todos los que estaban en el bosque porque deseaban ver el fin de su arrogante ofrecimiento. Cuando llegó al camino, se puso en el centro de él, y dijo en voz alta las siguientes palabras:

— ¡Oh vosotros, pasajeros, caballeros y escuderos, gente de a pie y de a caballo que por este camino pasáis o habéis de pasar en estos dos días siguientes! Sabed que don Quijote de la Mancha, caballero andante, está aquí para defender que las damas que habitan estos prados y estos bosques son las más hermosas del mundo, con la sola excepción de la señora de mi alma Dulcinea del Toboso. Por eso, el que sea de opinión contraria, venga, que aquí le espero.

escudarse protegerse como cuando se usa un escudo
anca parte posterior del caballo
vaquero persona que cuida o guarda las vacas
tropezar perder el equilibrio andando al encontrarse con obstáculos
vergüenza sufrimiento que uno siente al perder la dignidad, causado por algún error, la humillación o un insulto
descansar interrumpir el trabajo o las actividades para aliviar el cansancio

Dos veces repitió estas mismas palabras, que naturalmente, no fueron oídas por ningún aventurero.

Pero la fortuna, que iba encaminando sus cosas de mejor en mejor, ordenó que al poco tiempo se descubriese por el camino una multitud de hombres a caballo. Muchos de ellos traían lanzas en las manos y caminaban juntos y a prisa. Las personas que estaban con don Quijote se apartaron bien lejos del camino, porque comprendieron que si esperaban les podía suceder algún peligro. Sólo don Quijote con intrépido corazón se quedó inmóvil y Sancho se escudó con las ancas de Rocinante.

III

Llegó la tropa de lanceros, y uno de ellos, que venía delante, a grandes voces comenzó a decir a don Quijote:

— ¡Apártate del camino, hombre del diablo, que te harán pedazos estos toros!

— ¡Canalla, — respondió don Quijote, — no hay toros posibles contra mi valor! Confesad, villanos, que es verdad lo que yo aquí he declarado. Si no lo confesáis, entraréis conmigo en batalla.

No tuvo tiempo de responder el vaquero, ni don Quijote lo tuvo de apartarse, aunque quisiera. Así, el grupo de los toros con la multitud de vaqueros pasaron sobre don Quijote y sobre Sancho, Rocinante y el burro, haciéndolos rodar por el suelo.

Después de algún tiempo se levantaron todos, y don Quijote a gran prisa, tropezando aquí y cayendo allí, comenzó a correr detrás de la tropa de toros y vaqueros, diciendo a voces:

— ¡Esperad, vil canalla, que un solo caballero os espera!

Pero no por eso se detuvieron los que corrían, ni hicieron el menor caso de sus amenazas. El cansancio al fin detuvo a don Quijote, y más colérico que vengado, se sentó en el camino esperando a que Sancho, Rocinante y el burro llegasen. Llegaron, volvieron a subir amo y mozo, y sin volver para despedirse de los habitantes del bosque, siguieron su camino con más vergüenza que gusto. Pronto llegaron a una fuente clara y limpia donde descansaron. Allí comió el escudero, y logró hacer comer a su amo antes de dormir los dos.

Preguntas

I

1 ¿Con quiénes se encuentran don Quijote y Sancho después de dejar a los duques?
2 ¿Qué motivo tiene don Quijote para su discurso sobre el agradecimiento?
3 ¿Cómo piensa pasar los próximos dos días?
4 ¿Con quiénes compara Sancho a su amo cuando interrumpe su discurso?
5 ¿Por qué se pondrá furioso don Quijote con él?
6 ¿Qué dudas tiene la demás gente cuando ve la conducta de don Quijote?

II

1 ¿Qué argumento emplean los otros para detener a don Quijote?
2 ¿Dónde se sitúa éste para realizar su plan?
3 ¿Por qué lo siguen los demás?
4 ¿Con quién dice que está dispuesto a pelear?
5 ¿Por qué no son oídas sus palabras por ningún otro aventurero?
6 ¿En qué sentido va encaminando mejor sus cosas la fortuna?
7 ¿Por qué se apartan todos al aparecer los otros hombres?
8 ¿Dónde se pone Sancho?

III

1 ¿Por qué le dice a don Quijote uno de los lanceros que se aparte él también?
2 ¿Qué pasa cuando llegan los toros?
3 ¿Cuál es la reacción de don Quijote al encontrarse echado al suelo?
4 ¿Por qué no hace caso nadie de sus amenazas?
5 ¿Por qué no se despide don Quijote de los habitantes del bosque?
6 ¿Qué revela el hecho de que don Quijote come y duerme al fin de esta aventura?

Ejercicio 1

Estructura: voz pasiva

Estas mismas palabras no *fueron oídas* por ningún aventurero.

Cambie las oraciones siguientes según el modelo.

Ejemplo: Su fiel escudero *siguió* a don Quijote.
Don Quijote *fue seguido* por su fiel escudero.

1 Los ricos hidalgos *recibieron* muy bien a los dos.
2 El ventero *armó* a don Quijote.
3 Juan Haldudo *desató* a Andrés.
4 Las ruedas del molino *destruyeron* el barco.
5 El rey moro *persiguió* a la prisionera.
6 El cura *quemó* todos los libros.
7 Los vecinos *llamaban* así el pueblo.
8 *Llevaron* a don Quijote a casa en un carro de bueyes.
9 Sus palabras *consolaron* a don Quijote.
10 Sansón no *venció* a don Quijote la primera vez.
11 Sancho *inventó* el encantamiento de Dulcinea.
12 Don Quijote *mató* algunas ovejas.

Ejercicio 2

Estructura: sustantivo + *de* + sustantivo

Los libros de caballerías.

Escoja un sustantivo de cada grupo para formar por lo menos 15 frases.

bandera	figura		agravios	harina
caballo	historia		agua	juicio
cabellos	libro		aire	madera
calor	molino		aventuras	noble
carro	mozo	+ de +	bueyes	oro
celada	polvo		caballerías	ovejas
corriente	rebaño		campanas	pasta
cuero	ruido		cartón	verano
deshacedor	título		colores	viento
falta	vaso		cuentas	vino

Ejercicio 3

Para completar

1 Después de comer bien con unas familias de ricos hidalgos, don Quijote pronunció . . .
2 Para mostrar su gratitud por los favores que le han hecho, don Quijote ofrece a estos hidalgos . . .
3 La elocuente disertación de don Quijote es suficiente prueba para Sancho de que su amo . . .
4 La gente se siente ambivalente ante don Quijote, pues no saben si . . .
5 Cuando don Quijote sale al campo va acompañado por todos los demás porque éstos . . .
6 La gente que ha salido con él cree que posiblemente . . . si se queda con él.
7 Los hombres que vienen a caballo gritan a don Quijote que si no se aparta del camino . . .
8 Don Quijote no lo hace porque . . .
9 Se ve que don Quijote no tiene menos ánimo después de pasar los toros que antes, porque . . .
10 Don Quijote trata de seguir a los toros pero no lo hace porque . . .

Ejercicio 4

Oraciones originales

1 aldeanos / llevar / imágenes / iglesia / pueblo
2 después / terminar / comer / don Quijote / hablar / gratitud
3 todos / seguir / don Quijote / ver / fin / aventura
4 multitud / hombres / caballo / aparecer / camino
5 gente / decidir / dejar / don Quijote / evitar / peligro
6 don Quijote / quedarse / inmóvil / esperar / llegada / tropa
7 grupo / toros / hacer / rodar / don Quijote / suelo
8 los dos / marcharse / sin / despedirse / habitantes / bosque

Ejercicio 5

Subjuntivo

Complete las oraciones siguientes, escogiendo o el indicativo *o el* subjuntivo *según el significado.*

1 Dulcinea no volverá a su primera figura hasta que Sancho se (*dar*) unos azotes.
2 Los duques se alegran cuando (*tener*) la oportunidad de recibir a don Quijote.
3 Don Quijote quiere que Sancho se azote antes que ellos (*subir*) al caballo.
4 Sancho promete hacerlo tan pronto como (*regresar*).
5 Sancho subirá a Clavileño después que lo (*hacer*) su amo.
6 El viaje no termina hasta que los duques se (*sentir*) satisfechos.
7 Mientras (*volar*), Sancho inventó unas visiones extrañas.
8 La duquesa sabe que Sancho no podrá ver después que le (*vendar*) los ojos.
9 El médico estaba presente cada vez que Sancho (*comer*).
10 Don Quijote sospecha que Sancho no tendrá éxito cuando (*llegar*) a Barataria.
11 Don Quijote dejará de amenazar a los molineros en cuanto (*poner*) en libertad a su prisionera.
12 Se dispone a pagar a los pescadores cuando le (*pedir*) recompensa por su barco.
13 Así que Sancho se (*alejar*) de la orilla, su burro empezó a rebuznar.
14 Maese Pedro llamó a todos cuando el retablo (*estar*) listo.
15 La cautiva no podrá escaparse del castillo hasta que la (*buscar*) su esposo.

Barcelona importante ciudad industrial situada por la costa del Mediterráneo
Roque Guinart bandido catalán que era muy famoso al principio del siglo XVII
atraer hacer que una cosa o alguien se acerque al sitio donde uno está; *cfr.* **atracción**
seriedad actitud seria
paseo acción de andar por gusto o por hacer ejercicio, especialmente al aire libre
imprenta sitio donde se fabrican libros
contender combatir
suspenso sin saber qué hacer ni qué decir

24 La última batalla

I

Se despertaron algo tarde, volvieron a subir sobre sus bestias y siguieron su camino. Al poco tiempo descubrieron una venta, que así la llamó don Quijote contra la costumbre que tenía de llamar a todas las ventas castillos.

En esta venta, cambió don Quijote su anunciado propósito de ir a Zaragoza y determinó ir a Barcelona, en cuyo camino hallaron la banda de Roque Guinart. Este Roque Guinart era un bandido valiente y generoso que los trató muy bien durante los días que pasaron en su compañía.

Tres días y tres noches estuvo don Quijote con Roque y si hubiera estado trescientos años no le hubiera faltado qué mirar y admirar en el modo de su vida. Después de varios incidentes y aventuras llegaron a Barcelona, en cuya playa los dejó Roque una noche.

La figura de don Quijote atrajo a una multitud de muchachos y algunos caballeros de la ciudad. Uno de éstos, que se llamaba don Antonio y había sido avisado por Roque de la llegada de don Quijote y Sancho, los llevó a su casa. Siguieron varios días de fiestas y burlas, en las cuales participó don Quijote con entera seriedad. Hubo paseos a pie y a caballo, banquetes y bailes, una visita a las galeras y otra a una imprenta, además de la discreta aventura de la cabeza encantada donde don Quijote recibió la noticia del desencantamiento de Dulcinea. Todas estas aventuras las preparó don Antonio para nuestro gran caballero.

II

Una mañana, saliendo don Quijote a pasearse por la playa, armado de todas sus armas, vio venir hacia él a un caballero armado con lanza que traía pintada en el escudo una brillante luna. Cuando el caballero llegó cerca de don Quijote, le dijo en alta voz:

—Noble caballero, don Quijote de la Mancha, yo soy el caballero de la Blanca Luna. Vengo a contender contigo y a hacerte confesar que mi dama, sea quien sea, es sin comparación más hermosa que tu Dulcinea del Toboso. Si confiesas esta verdad, excusarás tu muerte y el trabajo que yo he de tomar en dártela. Pero si peleas y yo te venzo, no quiero otra satisfacción sino que dejando las armas y absteniéndote de buscar aventuras, te retires a tu aldea por tiempo de un año, donde has de vivir en tranquila paz sin poner mano en la espada. Si tú me vences, quedará a tu disposición mi cabeza y serán tuyos mis armas y mi caballo.

Don Quijote quedó suspenso y atónito, tanto de la arrogancia del caballero

ambos los dos
puesto sitio
poderoso de mucho poder
visera parte movible del yelmo que cubre los ojos
como mientras

de la Blanca Luna como de la causa por la que le desafiaba, pero con calma y severidad le respondió:

— Caballero de la Blanca Luna, yo puedo jurar que vuestra merced no ha visto jamás a la ilustre Dulcinea. Si la hubiera visto, comprendería que no ha habido ni puede haber belleza que pueda compararse con la suya; y así acepto el desafío con las condiciones impuestas.

III

Los dos caballeros se apartaron para tener campo donde atacar, y don Quijote se encomendó al cielo de todo corazón y a Dulcinea (como era su costumbre al comenzar las batallas). Ambos volvieron las riendas de sus caballos al mismo tiempo y como el de la Blanca Luna era mejor, llegó a don Quijote que aun estaba en su puesto. Allí le encontró con tan poderosa fuerza, sin tocarle con la lanza, que dio con Rocinante y don Quijote por el suelo en una peligrosa caída. Fue entonces sobre él, y poniéndole la lanza sobre la visera, le dijo:

— Vencido eres, caballero, y aun muerto, si no confiesas las condiciones de nuestro desafío.

Don Quijote, sin alzar la visera, como si hablara dentro de una tumba, con voz débil y enferma, dijo:

— Dulcinea del Toboso es la más hermosa mujer del mundo, y yo el más humillado caballero de la tierra. Quítame la vida, caballero, pues me has quitado la honra.

— Eso no haré yo, — dijo el de la Blanca Luna; — viva la fama de la hermosura de la señora Dulcinea del Toboso. Me contento con que el gran don Quijote se retire a su aldea un año o el tiempo que yo le ordene, como concertamos antes de entrar en esta batalla.

Don Quijote respondió que como no le pidiese cosa que fuera en perjuicio de Dulcinea, todo lo cumpliría como caballero puntual y verdadero. Después de esta confesión, volvió las riendas el de la Blanca Luna, y a medio galope entró en la ciudad.

Preguntas

I

1 ¿Cómo interpreta don Quijote la venta que encuentran?
2 ¿Qué significado puede tener este detalle?
3 ¿A dónde decide ir don Quijote cuando cambia de ruta?
4 ¿Cómo figura Roque Guinart en la vida de don Quijote?
5 ¿Qué pasa en casa de don Antonio?
6 ¿Qué cosas ve don Quijote mientras está en Barcelona?
7 ¿Qué le anuncia la cabeza encantada?

II

1 ¿Con quién se encuentra don Quijote en la playa de Barcelona?
2 ¿De dónde deriva el nombre de este caballero?
3 ¿Por qué quiere pelear con don Quijote?
4 ¿Cómo se llama su dama?
5 ¿Cuáles serán las condiciones de la batalla?
6 ¿Por qué queda atónito y sorprendido don Quijote?
7 ¿Por qué acepta al fin el desafío?

III

1 ¿Qué superioridad le lleva el caballero de la Blanca Luna a don Quijote?
2 ¿Cómo consigue el otro dar con don Quijote en el suelo?
3 ¿Qué hace cuando don Quijote se cae?
4 ¿Cómo parece la voz de don Quijote al contestar al otro caballero?
5 ¿Por qué desea don Quijote la muerte?
6 ¿Por qué no mata a don Quijote el otro caballero cuando no hace la confesión necesaria?
7 ¿Por qué decide cumplir don Quijote lo que le demanda el de la Blanca Luna?

Ejercicio 1

Subjuntivo

Sansón no le pide cosa que *vaya* en perjuicio de Dulcinea.

Complete las oraciones siguientes, cambiando el infinitivo al subjuntivo del presente.

1 Don Quijote ha de quedarse en casa el tiempo que (ordenar) Sansón.
2 No hay belleza que (poder) compararse con la de Dulcinea.
3 El que (ser) de opinión contraria, venga, que aquí le espero.
4 Ya puedes dar por vencidos a cuantos (querer) contradecirme.
5 ¿Hay persona en el mundo que no (decir) que eres tanto?
6 Sancho busca a una aldeana que (hacer) el papel de Dulcinea.
7 —¡Hombre de poca fe, haz lo que (querer)!
8 Lo que le pide debe ser cosa que no (salir) de los límites de la caballería.
9 ¿Hay cura de aldea que (poder) decir tal cosa?
10 Don Quijote no puede combatir con quien no (ser) armado caballero.
11 Pregunta si maese Pedro manda algo en que (poder) servirle.
12 Te prometo la mejor parte del despojo que yo (ganar) en la primera aventura que (tener).
13 Si esta aventura es de fantasmas, ¿dónde habrá costillas que la (sufrir)?
14 También te prometo las primeras crías que este año me (dar) las tres yeguas mías.
15 Busquemos una venta donde no (haber) mantas ni manteadores.

Ejercicio 2

Oraciones originales

1 don Quijote / determinar / cambiar / ruta / ir / Barcelona
2 mientras / viajar / camino / encontrarse / banda / bandidos
3 Don Antonio / organizar / variedad / burlas / don Quijote
4 caballero / llevar / escudo / pintado / luna
5 si / perder / desafío / haber / retirarse / aldea
6 don Quijote / tener / costumbre / encomendarse / Dios / Dulcinea
7 caballero / lograr / vencer / don Quijote / sin / tocar / lanza
8 cuando / verse / vencido / aceptar / condiciones / desafío

Ejercicio 3

Para completar

1 Les sucede una cosa excepcional al llegar a una venta, pues don Quijote . . .
2 Lo que le llama la atención a don Quijote durante su visita con Roque Guinart es . . .
3 El episodio de la cabeza encantada es importante porque . . .
4 Sabemos que el nuevo caballero no tiene ninguna dama en particular cuando dice . . .
5 El de la Blanca Luna amenaza con . . . si don Quijote no hace una confesión determinada.
6 Este caballero sabe que no hay sentencia más rigurosa para don Quijote que . . .
7 Don Quijote queda firme en la convicción de que Dulcinea . . .
8 Don Quijote no tiene tiempo para atacar al de la Blanca Luna porque . . .
9 Al encontrarse bajo la espada del otro caballo don Quijote prefiere morir, pues . . .
10 Ya que su confesión no va en perjuicio de Dulcinea, don Quijote está dispuesto a . . .

Ejercicio 4

Cambie al pasado los verbos en las oraciones siguientes, haciendo una distinción entre el imperfecto *y el* preterito.

Cuando se (1) *despiertan* al día siguiente, (2) *vuelven* a subir sobre sus bestias y (3) *siguen* su camino. Al poco tiempo (4) *descubren* una venta y contra la costumbre que hasta entonces (5) *tiene* don Quijote la (6) *llama* venta en vez de castillo. En esta venta (7) *deciden* cambiar su propósito de ir a Zaragoza y así otro día (8) *toman* el camino de Barcelona, pues muchos (9) *dicen* que (10) *es* una ciudad muy hermosa. Después de caminar alguna distancia se (11) *encuentran* con una banda de bandidos, cuyo jefe, Roque Guinart, (12) *es* muy conocido por su valor y liberalidad. Este (13) *trata* tan bien a sus huéspedes que tanto don Quijote como Sancho (14) *quieren* pasar algunos días con él. (15) *Pasan* en total tres días y tres noches con los bandidos y (16) *ven* cosas que los (17) *dejan* maravillados. Cuando (18) *llega* el momento de seguir su camino, Roque se (19) *ofrece* a acompañarlos, pues por el camino se (20) *pueden* encontrar con otros bandidos.

Ejercicio 5

Subjuntivo

Complete las oraciones siguientes, escogiendo o el indicativo *o el* subjuntivo *según el significado.*

1 Nadie quiere creer lo que don Quijote (*ver*) en la cueva de Montesinos.
2 Don Quijote cambia de dirección así que (*llegar*) a la venta.
3 Don Antonio quiere que don Quijote (*pasar*) unos días en su casa.
4 El caballero que don Quijote (*encontrar*) en la playa lleva una luna en su escudo.
5 Si don Quijote (*perder*) la batalla, tendrá que retirarse a su pueblo.
6 Es necesario que don Quijote (*aceptar*) el desafío del otro.
7 Si éste (*conocer*) en verdad a Dulcinea, no diría las cosas que dice.
8 El de la Luna llega a don Quijote antes que éste (*estar*) preparado.
9 Don Quijote se cae de Rocinante sin que su adversario le (*tocar*) con su lanza.
10 Las palabras de don Quijote, al verse vencido, suenan como si (*salir*) de una tumba.
11 Don Quijote acepta las condiciones del desafío con tal que no (*ser*) en perjuicio de Dulcinea.
12 Don Quijote promete quedarse en el camino para detener a cualquier persona que (*viajar*) por él.
13 A veces parece que sus cosas (*ir*) de mejor en mejor.
14 Los toros pasaron por encima de él sin que nadie (*poder*) impedirlo.
15 Don Quijote dice que siempre socorrerá a los necesitados aunque le (*costar*) la vida.
16 Si la otra gente no (*estar*) loca también, no se habría burlado de don Quijote.
17 Don Quijote no se olvida que (*deber*) cumplir con su palabra.
18 Lástima que no (*poder*) pasar más tiempo con Roque Guinart.
19 Se ve que don Quijote (*seguir*) intrépido y arrogante hasta el final.
20 ¿Cree usted que Sancho (*ser*) tan loco como su amo?

emprender empezar una cosa que presenta dificultades; *cfr.* **empresa**
azotar dar golpes
grueso gordo
disponer preparar
renegar abandonar

25 Descanse en paz

I

Pronto supo don Antonio que el caballero vencedor no era otro que el bachiller Sansón Carrasco. El bachiller pudo al fin lograr su propósito, porque don Quijote después de seis días en cama emprendió la vuelta a su aldea en compañía de Sancho.

Durante el camino imaginó nuestro vencido caballero el proyecto de pasar el año de su retiro, haciendo vida pastoril con sus amigos, el cura, el barbero, y el bachiller.

No olvidaba don Quijote a su señora Dulcinea y le recordaba a Sancho su promesa de azotarse para deshacer el encanto en que aquélla estaba.

Don Quijote suplicó a su escudero que se diera los prometidos azotes, y, después de haberle ofrecido que se los pagaría bien, aquella noche, en mitad de un bosque, dio Sancho los azotes sobre . . . los troncos de unos gruesos árboles.

Pocos días después entraban en su pueblo donde fueron recibidos con gran alegría de sus familias y amigos. Pero don Quijote cayó enfermo de tal gravedad que se dispuso a hacer testamento.

Durante su corta enfermedad, recobró la razón, y, viendo claramente el error en que había vivido sus últimos años, renegó solemnemente de los libros de caballerías.

Tres días después, entre compasiones y lágrimas de los que allí se hallaron, murió Alonso Quijano el Bueno, llamado comúnmente don Quijote de la Mancha.

Preguntas

1 ¿Quién era en verdad el caballero de la Blanca Luna?
2 ¿En qué otro estilo de vida piensa don Quijote mientras vuelve a casa?
3 ¿Qué pasa con los azotes que Sancho tiene que darse?
4 ¿Por qué decide don Quijote hacer un testamento?
5 ¿Qué ocurre después de la enfermedad de don Quijote?
6 ¿Qué sentido puede tener el final de la novela?

Ejercicio 1

Oraciones originales

Haga una oración original con cada uno de los verbos siguientes, usando cualquier vocabulario suplementario que sea necesario.

dar a conocer
dar con (alguien) en el suelo
dar de comer (o beber) a alguien
dar tiempo a alguien (para hacer algo)
dar un salto
(estar) vestido de (soldado)
haber de
hacer preguntas
hacer una visita
hacer vida de
hacerse (amigo)
imponer condiciones
oponerse a
parecerse a
poner en efecto
salir al encuentro
salir bien (o mal) en algo
tener remedio
tentar fortuna
volver la espalda a (alguien)

Ejercicio 2

Para completar

1 Mientras vuelve a su pueblo se le ocurre a don Quijote . . .
2 Antes de llegar a casa, recuerda don Quijote a Sancho su promesa de . . .
3 Sancho encuentra una solución satisfactoria para su problema al . . .
4 Cuando se pone enfermo, don Quijote ve la necesidad de . . .
5 Es muy significativo que don Quijote . . . cuando recobra la razón.

Ejercicio 3

Temas

1 El simbolismo de Dulcinea
2 El significado de las aventuras de don Quijote
3 El contraste entre don Quijote y Sancho
4 El lenguaje de don Quijote
5 La temeridad y la valentía
6 El viaje de don Quijote como un ciclo
7 La transformación de don Quijote y Sancho

Vocabulario

This listing does not include the articles, common prepositions and easily recognized cognates such as *abundante* and *actor*. The numbers in parentheses refer to the chapters where notes define the items in Spanish.

A

abajo *adv.* down, under, below
abierto, –a open
abismo *m.* (13) abyss; **el centro del —** the depths of hell
abrazar (3) to embrace
abrir to open
abstenerse to abstain
acá here, this way
acabar to finish; **— de** to have just; **— por** to end up (doing)
acaso (11) by chance, perhaps
acercarse to approach, draw near
aconsejado, –a: mal — ill advised
aconsejar (3) to advise
acordar (en) to agree; **—se (de)** (1) to remember
acostar to put to bed; **—se** to go to bed, lie down
acudir (6) to assist, attend, run to
acuerdo *m.* agreement
adelantar (7) to advance
adelante *adv.* (7) ahead, forward
además *adv.* moreover, besides
admirar (18) to marvel, wonder
adorno *m.* decoration
adquirir to acquire
afecto *m.* (13) affection
afición *f.* (1) affection, eagerness
afligido, –a (15) afflicted
afortunado, –a (3) fortunate, happy, lucky
afrenta *f.* (3) affront, insult
afuera *adv.* outside
agradecer (3) to thank, show gratitude
agradecido, –a grateful
agradecimiento *m.* (23) gratitude
agraviar to offend, injure
agravio *m.* (1) offense, injury
agua *f.* water
aguardar (5) to await, expect
aguileño, –a (17) aquiline, sharp-featured
ahora *adv.* now; **por —** for the present; **— bien** well then
ajo *m.* (15) garlic
ala *f.* (11) wing
alabanza *f.* (2) praise
alancear (10) to spear
alcaide *m.* (2) governor of a castle
alcanzar (20) to overtake, reach
aldea *f.* (13) village
aldeano, –a *m. and f.* (14) villager
alegrarse to rejoice, be glad
alegre merry, joyful
alegría *f.* joy
alejar (9) to remove to a distance, separate
alforja *f.* (6) saddle-bag
algo *adv.* somewhat, rather; (*pron.*) something
alguien someone
alguno, –a some, any
aliento *m.* (7) breath
alma *f.* (1) soul, human being
almohada *f.* (7) pillow
alojamiento *m.* (2) lodging
alojar (10) to lodge
alto, –a (2; 3) lofty, elevated, high, tall; loud; eminent; **en —** (7) aloft
alumbrar (4) to light, illuminate
alzar (7) to raise
allá *adv.* there, over there
allí *adv.* there, over there

ama *f.* (1) housekeeper, landlady
amanecer (6) to dawn
amante *m. and f.* (16) lover
amarillo, –a yellow
ambos, –as (24) both
amén so be it
amenaza *f.* (9) menace, threat
amenazar (3) to menace, threaten
amigo, –a *m. and f.* friend
amo *m.* master, proprietor
amor *m.* love; (*pl.*) love affairs
amoroso, –a loving, affectionate
anca *f.* (23) haunch
ancho, –a (21) broad
andar to walk, go, travel
animar (11) to animate, encourage, comfort
ánimo *m.* (11) courage, spirit
anochecer (20) to grow dark
anotar to note down, record
ante *prep.* (2) before (in space)
antes *adv.* before (in time); **— de** (*prep.*), **— de que** (*conj.*) before
antiguo, –a old, ancient
antorcha *f.* (11) torch
añadir (1) to add
año *m.* year
apaleado, –a (5) beaten
apalear (11) to beat
aparecer to appear
apartar (3) to remove, separate; **—se** to withdraw
aparte *adv.* aside
apellido *m.* name, last name
apenas *adv. and conj.* (2) scarcely, hardly; no sooner than
aplacar (12) to appease, placate, pacify
aprisa *adv.* swiftly, in a hurry
aprisionado, –a (7) imprisoned
aproximar (19) to approach, approximate
aquel (aquella, aquellos, aquellas) that, those
aquí *adv.* here
árbol *m.* tree
arder (11) to burn
ardor *m.* (10) fervor, ardor
arma *f.* arms, weapon; **¡al —!** (20) alarm, to arms!
armadura *f.* armor
arriba *adv.* above, over, up; **de — abajo** from top (head) to bottom (toe)
arriero *m.* (2) muleteer
arrodillado, –a (15) kneeling
arrojar (3) to fling, hurl
arte *m. and f.* art; **malas —s** (6) wiles, deception
artificio *m.* (20) craft, artifice, contrivance
asaltar (2) to assail, assault
asegurar (4) to secure, insure, affirm
asentar to secure, fix, lay hold of
asesinar to kill
asimismo *adv.* (7) likewise
asir (4) to grab, take hold of
asno *m.* (6) ass
aspa *f.* (6) vane of a windmill
aspecto *m.* appearance, aspect
astro *m.* star
asturiano, –a *m. and f.* a native of the region of Asturias
asunto *m.* (10) affair
atado, –a bound, tied
atar (4) to tie, bind
atender (3) to heed, attend
atento, –a (8) attentive, polite
atónito, –a (15) astonished, surprised
atraer (24) to attract, draw
atravesado, –a (8) placed across
atravesar to cross
atreverse (23) to dare
atroz (10) atrocious
audacia *f.* (3) audacity, boldness
audaz bold, audacious
aumentar to increase, augment
aumento *m.* (1) increase, growth
aun *adv.* (1) even, yet, as yet
aunque *conj.* although, even though
ausencia *f.* (5) absence
ausente (19) absent
autor *m.* author
auxilio *m.* help, assistance
avisar (6) to inform, warn
ayuda *f.* (4) help, assistance

ayudar to help
azotar (25) to whip, beat
azote *m.* (22) blow (as with a whip)

B

bachiller *m.* (14) bachelor (first university degree)
bacía *f.* (12) metal basin, shaving dish
baile *m.* dance
bajar to lower; descend, come down; diminish
bajo, –a (3) base, low, short, common; (*adv.*) under, below
balido *m.* (10) bleating
bálsamo *m.* (9) balm, medicine
banda *f.* gang, band
bandera *f.* (10) banner, flag
barco *m.* boat, barge
barniz *m.* (18) varnish
bastante sufficient, enough
bastar (2) to suffice, be enough
batalla *f.* battle
beber to drink
bebida *f.* drink
belleza *f.* (5) beauty
bendición *f.* (14) blessing, benediction
beneficio *m.* (7) favor, benefit
bestia *f.* beast
bien *adv.* well, very, rather
bigote *m.* (17) mustache
bisabuelos *m. pl.* (1) great-grandparents
blanco, –a white
blando, –a (7) soft, tender
boca *f.* mouth
boda *f.* (20) marriage
bofetada *f.* (17) slap (in the face)
bola *f.* ball
bolsa *f.* bag
bondad *f.* goodness
bonete *m.* (12) cap
bonito, –a pretty
borracho, –a (12) drunk
bosque *m.* (4) forest, woods
brazo *m.* arm
brida *f.* bridle
brocado *m.* brocade
bueno, –a good, kind, healthy
buey *m.* (13) ox
bufón *m.* (16) jester, clown, buffoon
burla *f.* (3) trick, practical joke, jeer
burlar to ridicule, abuse; **—se** (11) to laugh at, make fun of
burlón, –a joking, mocking
buscar to look for, seek

C

caballería *f.* chivalry, knighthood; **libros de —s** (1) books of knight-errantry, chivalric novels
caballeriza *f.* (2) stable
caballero *m.* knight, gentleman; **— andante** (1) knight-errant
caballo *m.* horse
cabecera *f.* (12) head of a bed
cabello *m.* (11) hair of the head
cabeza *f.* head
cada each, every
caer to fall
caída *f.* fall; **dar una —** to fall
callar (10) to be silent
calor *m.* heat
caluroso, –a (2) warm, hot
cama *f.* (2) bed
cambiar to change, exchange
camilla *f.* (11) stretcher
caminar to walk, go, travel
camino *m.* road, way; **— real** highway
camisa *f.* shirt
campana *f.* (22) bell
campaña *f.* (16) level countryside
campo *m.* country, field; **tener —** to have space
canalla *f.* (6) riffraff; (*m.*) cur, scoundrel
cansado, –a tired, worn out
cansancio *m.* (12) fatigue, weariness

cansar to tire; **—se** to become tired
capacitado, –a skilled
capilla *f.* (2) chapel
cara *f.* face
cardador, –a *m. and f.* (9) carder or comber (of wool)
carga *f.* load, burden
cargado, –a loaded
cargar (10) to load, carry a load
cargo *m.* (7) load, cargo
cariño *m.* affection
carirredondo, –a (15) round-faced
caritativo, –a (8) charitable, compassionate
carne *f.* flesh, meat
carnero *m.* (10) sheep
caro, –a (21) dear; costly
carrera *f.* (16) course, race, run
carreta *f.* (16) long narrow cart
carretera *f.* highway
carretero *m.* (16) cart driver
carro *m.* (13) cart
carruaje *m.* carriage
carta *f.* letter
cartón *m.* (1) cardboard
casa *f.* home, house
casaca *f.* (18) coat
cascabel *m.* (16) small bell
casi *adv.* almost, nearly
caso *m.* case, event; **hacer —** (9) to pay attention, take notice
castellano *m.* (2) lord of a castle
castigar to punish, chastise
castigo *m.* (7) punishment
castillo *m.* (2) castle
casualidad *f.* (2) chance
cautivo, –a (5) captive, captivated
cauto, –a (7) cautious, prudent
caza *f.* (1) hunting
celada *f.* (1) helmet
cenar to have supper
ceñir (3) to gird
cerca *adv.* near, close by
cerradura *f.* lock
cerrar to close, lock; **—la noche** (3) to grow dark
cesar (9) to stop, cease
cielo *m.* sky, heaven
cien(to) one hundred
cierto, –a certain, sure
cinco five
cincuenta fifty
ciudad *f.* city
clarín *m.* (10) bugle
claro, –a clear
cobarde (4) cowardly
cobrar (9) to collect
cocer to cook
coche *m.* (7) coach, carriage
cochero *m.* (16) coachman
coger (4) to gather, seize, take
cólera *f.* (5) anger
colérico, –a (7) angry
colina *f.* (10) hill
coloquio *m.* (17) conversation
combatir to fight, battle
comenzar to begin, commence
comer to eat
comida *f.* meal, food
compasivo, –a compassionate
complacer (5) to please, humor
comprar to buy
comprender to understand, comprehend
común common
concertar (21) to arrange, agree
concierto *m.* (19) agreement, concert
condado *m.* (8) earldom, county
condesa f. (6) countess
conducir (10) to guide, direct, conduct
confiado, –a (5) confident
confiar (9) to confide, entrust
conforme agreeable, willing; **— a** *prep.* (2) according to
confortado, –a cheered, consoled
confundir (13) to confound, throw into disorder
congelar to freeze
conmigo with me
conocer to know, perceive
conquistar (12) to conquer
consejo *m.* (6) advice
contar to count, reckon, relate
contender (24) to fight, contend
contentarse to be satisfied, pleased
contestar to answer, reply

contigo with you (*fam.*)
contra *prep.* (14) against, contrary to
contradecir (23) to contradict
contrario, –a opposite; **en —** (21) against
contravenir (9) to contravene, act contrary
contusión *f.* bruise
convencer (10) to convince
convenir (11) to be suitable
coraje *m.* fortitude, spirit
corazón *m.* (6) heart
corona *f.* (8) crown
correcto, –a (19) correct, conforming to the rules or custom
correr to run; **a todo —** at full speed
corriente *f.* current
cortar to cut, cut off
cortés courteous, polite
cortesía *f.* (2) courtesy, attention, gift
corto, –a short
corvo, –a (17) crooked, curved
cosa *f.* thing, affair, object
costa *f.* cost; **a — de** (20) at the expense of
costilla *f.* (10) rib
costumbre *f.* (17) custom, fashion
crédito *m.* belief, credence, credit
creer to believe
cría *f.* (14) suckling
criado, –a *m. and f.* servant
criar (7) to raise, rear, bring up
crudo, –a (15) raw
cual: el — (etc.) which
cualquier, –a (2) any, whichever
cuán (*from* **cuánto**) how
cuando when
cuanto, –a as much as; **en — a** (*prep.*) as to, with regard to
cuarenta forty
cuarto *m.* room
cuatro four
cubierto, –a covered
cubrir (17) to cover
cuchillada *f.* (12) cut or slash with a knife
cuchillo *m.* knife
cuello *m.* (3) neck
cuenta *f.* (3, 4) account, bill, **dar —** (10) to report; **a esa —** (10) at that rate
cuento *m.* tale, story
cuerda *f.* (21) rope, cord
cuerno *m.* (2) horn
cuero *m.* (12) rawhide, leather; wine bag
cuerpo *m.* (1) body
cueva *f.* (20) cave
cuidado *m.* (2) care, attention, caution
culpa *f.* fault
cumplido, –a complete, fulfilled
cumplir (2) to fulfill, comply, keep (promise)
cura *m.* (1) priest
curso *m.* (21) course
cuyo, –a whose, of which, of whom

CH

chato, –a (15) flat-nosed

D

dama *f.* lady
daño *m.* (7) harm, hurt, damage
dar to give; **— con** to meet, run into; **— en** (10) to hit; **— por** to consider
debajo *adv.* beneath, under
deber must, ought, have to; owe; **— de** must (*conjecture*)
debido, –a (3) due, proper
débil (10) weak
decir to say, tell
defender to defend
defensor *m.* (5) defender
dejar to leave, allow; **— de** (3) stop (doing); **—se de** to put aside
delante *adv.* before, ahead; **por —** ahead
delgado, –a (1) thin, delicate
demás (1) others, rest, remaining; **por lo —** aside from this

dentro *adv.* within, inside
derecha *f.* right hand or side
derecho, –a (21) direct, straight; — *m.* (9) justice, right
derrotar to rout, defeat
desafiar (19) to challenge
desafío *m.* challenge
desafortunado, –a (8) unfortunate, unlucky
desaparecer to disappear
desatar (4) to untie
desayunar(se) to have breakfast
descabezar (20) to behead
descansar (23) to rest
descargar (7) to discharge, unburden, deal (a blow); **— sobre** to strike
descontar to discount, deduct
descubierto, –a (16) uncovered, discovered
descubrir (6) to discover, disclose
descuidado, –a (4) careless, negligent
descuido *m.* negligence
desde *prep.* from, since
desear to desire, wish
desencantamiento *m.* disenchantment
desencantar to break the spell
desengaño *m.* (21) disillusionment
deseo *m.* wish, desire
desesperado, –a (21) desperate, hopeless, despairing
desesperar to despair; **—se** (2) to become despondent
desgracia *f.* (3) misfortune
deshacedor *m.* (4) someone who undoes things
deshacer (1) to undo
desierto *m.* (21) desert, wilderness
desnudar (7) to strip, undress
desnudo, –a (4) naked, nude
despacio *adv.* slowly
despedirse to take leave, say good-bye
despertar to awaken, wake
despierto, –a awake
despoblado, –a (11) uninhabited, deserted
despojo *m.* (7) plunder, spoils
después *adv.* afterwards, later
destino *m.* destiny
destruir (3) to destroy
desventura *f.* (10) misfortune
detener to stop, detain, check; **—se** (5) to tarry, stop
detrás *adv.* after, behind; **por —** from behind, from the rear
deuda *f.* (4) debt
día *m.* day
diablo *m.* devil
diente *m.* tooth; **hablar entre —s** (3) to mumble, mutter
difícil difficult, hard
dinero *m.* money
Dios *m.* (6) God; **por —** *for* heaven's sake
dirigir to direct, guide, address; **—se** (2) to address, go forward
disculpar(se) (3) to apologize, excuse
discurso *m.* (8) discourse, conversation
discutir (21) to argue, discuss
disgustar (2) to displease, disgust
disimular (15) to disguise, conceal
disponer (25) to prepare
disposición *f.* disposal, disposition
dispuesto, –a (16) ready, disposed
distraído, –a (8) confused, perplexed
diverso, –a various, diverse
doblar to bend, fold
docena *f.* dozen
doler (8) to hurt, ache
dolor *m.* pain, sorrow, regret
domingo *m.* Sunday
don (*Spanish title*)
doncella *f.* (2) maiden
donde *conj.* where
dondequiera *adv.* (3) wherever, anywhere
dormido, –a asleep
dormir to sleep
dos two
doscientos, –as two hundred
dromedario *m.* (7) dromedary, camel
duda *f.* doubt
dudar to doubt
duelo *m.* (1) duel
dueño, –a *m. and f.* (11) owner
dulce (6) sweet
duque *m.* duke
duquesa *f.* (15) duchess

durante *prep.* during
durar (8) to last, continue

E

ea *interj.* hey
echar (7; 9) to emit, pour, cast, throw
edad *f.* (1) age
efecto *m.* effect; **en —** in fact
ejemplo *m.* example
ejercitarse (1) to practice
ejército *m.* (10) army
elección *f.* (10) choice, selection, election
embarazo *m.* (5) impediment, obstacle
embargo: sin — nevertheless
emperador *m.* emperor
emperatriz *f.* (5) empress
empezar to begin
emplastar (8) to apply plasters
emplear to use, spend, employ
emprender (25) to undertake, take on
empresa *f.* (19) enterprise, undertaking
enamorado, –a in love
enamorar (17) to court; **—se** (1) to fall in love
enano, –a *m. and f.* (2) dwarf
encaminar (4) to guide, direct, head toward
encamisado, –a (11) white-robed
encantador *m.* (5) enchanter, sorcerer
encantamiento *m.* enchantment
encantar to enchant
encendido, –a (5) inflamed, lighted
encerrar (2) to enclose, confine, lock up
encima *adv.* (9) above, over
encolerizado, –a (11) angry, provoked
encomendar (19) to commend, entrust
encontrar to meet, find
encrucijada *f.* (4) crossroad
encuentro *m.* encounter
endiablado, –a (7) wicked, diabolical
enemigo, –a *m. and f.* enemy
enemistad *f.* (6) enmity, hatred
enfermedad *f.* illness
enfermo, –a sick, ill
engañar (7) to deceive
engaño *m.* deceit
enlutado, –a (11) dressed in mourning
enseñar to teach, show
ensillar (3) to saddle
entender to understand
entendimiento *m.* (10) understanding, judgment
enternecer (15) to touch, move to pity
entonces *adv.* then, at that time
entrar to enter
entre *prep.* among, between
entregar (10) to deliver, hand over
entretanto *adv.* (7) meanwhile
entretener (9) to entertain
enviar (19) to send
envidia *f.* (5) envy
envidioso, –a (10) envious
erizar(se) (11) to stand on end, bristle
escribir to write
escritor *m.* writer
escuchar to listen
escudar (23) to shield
escudero *m.* (6) squire
escudo *m.* shield
ese (**esa,** etc.) that
esfuerzo *m.* (11) courage, spirit, effort
eso that; **a — de** at about; **por —** therefore
espacio *m.* (4) interval, space
espada *f.* (1) sword
espalda *f.* back, shoulders
espejo *m.* (18) mirror
esperanza *f.* (8) hope
esperar to hope, expect
espeso, –a (10) thick, dense
esposo *m.* husband, spouse
espuela *f.* (6) spur; **dar de —s** to put spurs to
estar to be; **— para** to be on the verge of
este (**esta,** etc.) this
estilo *m.* (21) custom, style, manner
esto this; **en —** at this time

estrella *f.* (11) star
estribo *m.* (2) stirrup
estudiante *m.* student, scholar
estupefacto, –a (7) stupefied, dumbfounded
evitar (5) to avoid, escape
excelencia *f.* excellency (*title of honor*)
excusar (16) avoid, excuse
expulsar to force or drive out
extraño, –a (2) strange, odd

F

fácil easy
falta *f.* lack, want, fault
faltar to be missing or wanting, lack, fail
fantasma *m.* (10) ghost, phantom
farsa *f.* (14) farce
fatigado, –a weary, fatigued
favorecer (10) to favor, protect, befriend
fe *f.* (7) faith, trust
fealdad *f.* (15) ugliness
felicidad *f.* (15) happiness
feliz happy, lucky
feo, –a (15) ugly
feroz (6) fierce, ferocious
fiel (12) faithful
fiesta *f.* feast
figura *f.* (11) countenance, figure; **—s de artificio** puppets
fin *m. and f.* end; **al —** at last; **a — de** for the purpose of
fingir to pretend, feign
fisonomía *f.* features, physiognomy
flaco, –a thin, skinny
flor *f.* flower
fluir to flow
fondo *m.* (21) bottom, depth
fortaleza *f.* (1) strength, fortress
fraile *m.* (7) friar, monk
freno *m.* (11) bridle or bit of the bridle
frente *m. and f.* (10) front, forehead
frío, –a cold
fuego *m.* (5) fire
fuente *f.* (12) spring of water, fountain
fuera *adv.* (1) outside
fuerte (1) strong, vigorous, loud
fuerza *f.* force, strength, power
fuga *f.* (11) flight
funcionario *m.* (20) public official
furia *f.* fury, speed

G

gabán *m.* (9) overcoat
galera *f.* (12) galley
galope *m.* gallop; **de —** (3) hurriedly
gana *f.* desire, appetite; **de buena —** (3) willingly, with pleasure
ganadero *m.* (10) cattleman
ganado *m.* (10) cattle, livestock
ganar to gain, earn, win
ganso *m.* (21) gander
gasto *m.* (9) expense, cost
género *m.* (1) class, species
gente *f.* people, persons
gentil (2) refined, genteel
gentileza *f.* (15) elegance, gentility
gigante *m.* giant
gobernador *m.* governor
gobierno *m.* (22) government, rule
golpe *f.* (1) blow; **dar —s** to beat
golpear to beat, strike
gordo, –a fat
gota *f.* (9) drop (*of liquid*)
gracia *f.* grace, gracefulness, joke
gracioso, –a (17) funny, witty
grado *m.* academic degree
grande great, big, large
grandeza *f.* greatness; **vuestra —** your highness
gritar (3) to shout, cry out
grito *m.* cry, scream, shout; **dar —s** to shout, cry out
grueso, –a (25) thick
guardar to take care of, keep watch over
guerra *f.* (6) war

guía *m. and f.* guide
guiar (6) to guide, lead, drive
gusano *m.* worm
gustar to please, taste
gusto *m.* taste, pleasure

H

haber to have; (*aux.* have) **— de** (4) must, to be (supposed) to
habitante *m. and f.* inhabitant
habitar (23) to inhabit, dwell
hábito *m.* dress, habit
hablar to speak
hacer to do, make; **—se** (1) to become; **hace mucho tiempo** a long time ago
hacia *prep.* (4) toward
hacienda *f.* (20) property, possessions
hallar (2) to find
hambre *f.* hunger
harina *f.* (21) flour
hasta *prep.* until, up to, even
herida *f.* (1) wound
herido, –a (3) wounded
hermano *m.* (8) brother
hermoso, –a beautiful, handsome
hermosura *f.* (5) beauty, loveliness
hidalgo *m.* (1) nobleman
hierro *m.* (6) iron, iron head of a spear
hija *f.* daughter
hijo *m.* son, child
hinchado, –a (16) inflated
historia *f.* story, history
hoja *f.* (1) leaf
hombre *m.* man
honra *f.* honor
honrado, –a (6) honest, honorable
honrar to honor, respect
honroso, –a (7) honorable, creditable
hora *f.* hour
hostelero *m.* (9) innkeeper
hoy *adv.* today, now
hueso *m.* (10) bone
huésped *m.* (2) guest, lodger, host
huida *f.* flight, escape
huirse (2) to flee, escape
humillado, –a humiliated
humor *m.* humor; **seguir(le) el —** (3) to humor (someone)

I

iglesia *f.* church
igual equal, like
igualar(se) (10) to be equal to
ilustre illustrious, noble, celebrated
impedir (11) to prevent, impede
imprenta *f.* (24) printing shop
impuesto, –a imposed
incitado, –a spurred on, incited
inclemencia *f.* (9) inclemency
incomodidad *f.* inconvenience
industria *f.* (1) diligence, industry
industrial *m.* (9) tradesman
inesperado, –a unexpected
infame (5) vile, despicable
infierno *m.* (11) hell, inferno
infinidad *f.* infinity, endless number
infortunio *m.* (1) misfortune
inmóvil motionless, immobile
insensible (3) unconscious
instante *m.* instant, moment; **al —** (2) immediately
ínsula *f.* (6) island
intencionado, –a (5) disposed, inclined
intentar (21) to attempt, purpose, try
intrépido, –a fearless, intrepid
invierno *m.* winter
ir to go
izquierdo, –a left

J

jamás *adv.* (1) never, ever
jardín *m.* garden
jarro *m.* (9) jug, pitcher
júbilo *m.* (2) rejoicing
juego *m.* (5) game, play, trick

juez *m.* (4) judge
jugar to play, mock
jugo *m.* juice
juguetón, –a (9) playful
juicio *m.* (1) judgment, reason, sense
julio July
junto, –a together
junto *adv.* near; **— a** (*prep.*) next to, by
juramento *m.* oath
jurar (4) to swear, take an oath
juventud *f.* (16) youth
juzgar (5) to judge

L

labrador, –a (1) industrious; (*m. and f.*) peasant, laborer
lado *m.* side
ladrón, –a *m. and f.* (5) robber, thief
lágrima *f.* (19) tear
lanza *f.* lance, spear
largo, –a long
lavar to wash
lección *f.* lesson
leche *f.* milk
lectura *f.* (1) reading
leer to read
legua *f.* (6) league (*measure of distance*)
lejos *adv.* far
lengua *f.* (19) tongue, language
lento, –a (6) slow
león *m.* lion
leonero *m.* (19) lion keeper
levantar to raise, lift; **—se** to get up
ley *f.* (2) law, rules and regulations
leyenda *f.* legend
liberal (20) generous, liberal
libertad *f.* freedom, liberty
librar (7) to free, deliver
libre free
libro *m.* book
licencia *f.* (6) permission, license
licor *m.* brew, liquid, liquor
ligero, –a (7) light, swift, slight
limpiar to clean
limpio, –a clean
linaje *m.* lineage
lisiado, –a (8) hurt, injured
listo, –a ready
litera *f.* (11) litter
loco, –a insane, mad
locura *f.* (1; 10) madness, folly, absurdity
lograr (14) to succeed, attain, get
luego *adv.* then, soon, next
lugar *m.* place, spot, space
lumbre *f.* (11) light
luna *f.* (24) moon
luz *f.* light

LL

llamar to call, knock; **—se** to be named
llano, –a flat
llanura *f.* (10) plain, prairie
llave *f.* (5) key
llegada *f.* arrival
llegar to arrive, reach
llenar to fill
lleno, –a full, filled
llevar (5) to take, carry, wear, carry off
llorar (21) to cry, weep
llover to rain

M

madera *f.* (21) wood
maese *m.* (1) master, mister
magia *f.* (18) magic
mágico, –a magic
mal *m.* evil, harm, mischief, illness, hurt
maleficio *m.* (12) spell, witchcraft
malhumorado, –a ill-humored, bad-tempered
malo, –a bad, evil, disagreeable
maltratar to mistreat, abuse
mandar to order, decree, send
manejar (11) to manage, handle
manera *f.* way, manner; **de ninguna —** by no means

manía *f.* (5) mania
maniobrar (18) to maneuver
mano *f.* hand
manta *f.* (9) blanket
manteador *m.* (10) one who tosses another in a blanket
mañana *f.* morning; (*adv.*) tomorrow
mar *m. or f.* sea
maravillar(se) (11) to wonder, marvel
marcha *f.* functioning, course, march
margen *m. or f.* edge
marido *m.* (7) husband
mas *conj.* but
más more; **por — que** however many (much)
matar (4) to kill
mayor greater, bigger, older
médico *m.* doctor
medio, –a half, middle; **abrir a uno por —** (7) to cut open down the middle
mediodía *m.* noon, midday
mejor better, best
menor lesser, younger
menos less, least; **a — que** *conj.* (6) unless; **a (por) lo —** at least
mentir (4) to lie
mercader *m.* (5) merchant, trader
mercancías *f.* merchandise, goods
merced *f.* (3) favor, mercy; **vuestra —** (2) your honor, sir
merecer (15) to deserve, merit
mes *m.* month
mesa *f.* table; **poner la —** to set the table
meter (18) to put into, insert
método *m.* method, system
mezclar (9) to mix
miedo *m.* (2) fear
mientras *conj.* while
mil one thousand
militar (10) to go to war, go against
milla *f.* mile
mirar to look at, watch
mísero, –a (9) miserable
mismo, –a same, like, own, very
mitad *f.* (2) half, middle, center
modo *m.* way, manner, mode
moler (21) to grind
molestia *f.* annoyance
molinero *m.* miller
molino *m.* (6) mill
momento *m.* moment; **al —** immediately
mono *m.* (20) monkey
monstruo *m.* (18) monster
montar (7) to mount, ride
monte *m.* (16) mountain
morir to die
moro, –a *m. and f.* Moor
mostrar (5) to show
mozo, –a *m. and f.* (1) youth, servant
muchacho, –a *m. and f.* boy, girl
mucho, –a much, many, lots of
mudar (18) to change
mueble *m.* piece of furniture; (*pl.*) furniture
muela *f.* (10) molar, back tooth
muerte *f.* (7) death
muestra *f.* (11) sign
mujer *f.* woman, wife
muletero *m.* (7) muleteer, muledriver
mulo, –a *m. and f.* mule
mundo *m.* world; **todo el —** everyone
muy *adv.* very

N

nacer (11) to be born
nada nothing
nadar (12) to swim
nadie no one
nariz *f.* nose
necesitado, –a (4) needy, poor
necesitar to need
negar (4) to deny, refuse
negro, –a black
ni neither, nor
nieve *f.* (15) snow
ninguno, –a none, not one, not any
noche *f.* night
nombrar (10) to name, mention
nombre *m.* name; **dar —** to name
notar to observe, note

noticia *f.* news
nuestro, –a our, ours
nueva *f.* (14) news
nueve nine
nuevo, –a new; **de —** (3) again
nunca *adv.* never

O

o or, either
obedecer (6) to obey
obra *f.* (7) work, labor
obscuridad *f.* (8) darkness
ocho eight
ochocientos, –as eight hundred
ocultar (16) to hide, conceal
ocupar to occupy; **—se** to be busy with
ocurrir to happen, occur
oficio *m.* (9) occupation, job
ofrecer (3) to offer
ofrecimiento *m.* (8) offer, promise
oído *m.* ear
oír to hear
ojo *m.* eye; **irse los —s** (16) to look longingly
olor *m.* (15) odor, scent
olvidar (1) to forget
oponer (21) to oppose, resist
opresión *f.* (11) pressure, oppression
oprimido, –a (21) oppressed
oración *f.* (3) prayer
orar to pray
orden *m. or f.* (14) order, command
ordenar (5) to order
oreja *f.* (7) ear
orilla *f.* (21) shore, bank
oro *m.* (12) gold
otro, –a other, another
oveja *f.* (4) sheep, ewe

P

pacífico, –a (6) gentle, peaceful
padre *m.* father
pagar to pay
pago, –a *m. and f.* (3) pay, payment
paje *m.* (22) page
palabra *f.* word
palo *m.* stick, blow with a stick; **dar —s** (8) to beat
pan *m.* bread
par equal; **sin —** without equal; (*m.*) pair
para *prep.* in order to
parar to stop; **—se** to halt, stop
parecer to appear, seem; **—se** (17) to resemble, look like
parecido, –a similar, alike
pared *f.* wall
parte *f.* (10) part, place; **de — a —** (4) through and through; **de mi —** (7) in my name, from me; **por (en, a) todas —s** everywhere
partida *f.* (20) departure
partir (15) to part, depart, divide
pasajero *m.* (23) passenger, traveler
pasar to happen, pass, pierce; **— de (cuarenta) años** (1) to be over (forty) years old
pasearse (3) to take a walk
paseo *m.* (24) walk, stroll
paso *m.* (4) pace, step
pasta *f.* (18) pasteboard, paste
pastor *m.* (2) shepherd
patio *m.* court, yard
patria *f.* (1) native land, country
patriarca *m.* (6) patriarch
paz *f.* (21) peace
pedazo *m.* piece, fragment; **hacer —s** (3) to smash, break into bits
pedir to ask, request
pelear (16) to fight
peligro *m.* (1) danger, peril
peligroso, –a dangerous
pelo *m.* hair
pena *f.* grief, pain
pendencia *f.* (1) quarrel, fight
penitencia *f.* penance, penitence
pensamiento *m.* thought, idea
pensar to think, intend
pensativo, –a (16) thoughtful, pensive

peor (7) worse
pequeño, –a small, little
percibir (16) to perceive
perder to lose
pérdida *f.* (16) loss
perdonar to forgive, pardon, spare
perfidia *f.* (9) treachery, perfidy
pérfido, –a (3) treacherous, disloyal
perjuicio *m.* (5) detriment, harm
pero *conj.* but
perseguir (10) to pursue, persecute, harass
personaje *m.* (1) character, personage
pertenecer (16) to belong, pertain
perturbado, –a disturbed, agitated, perturbed
pescador, –dora *m. and f.* (21) fisherman
peso *m.* (5) weight
pez *m.* fish
picar (4) to spur, prick
pícaro *m.* (12) rogue, knave
pico *m.* (8) sharp point, beak
pie *m.* foot; **de —** on foot, standing; **ponerse de (en) —** to stand up
piedad *f.* pity, compassion
piedra *f.* (3) stone
pierna *f.* leg; **dar —s a** (9) to give the spurs to
pila *f.* (3) trough, basin
pintar (10) to paint, describe
plato *m.* dish, plate, fare
playa *f.* beach, shore
plaza *f.* square, market place
pluma *f.* feather
pobre poor
poco, –a little, few
poder to be able; (*m.*) power
poderío *m.* (7) power, might
poderoso, –a (24) powerful, mighty
polvareda *f.* (10) cloud of dust
polvo *m.* (10) dust
poner to put, place, set; **— nombre** (1) to call; **—se** to become, get
porque *conj.* because
porquero *m.* (2) swineherd
portal *m.* (12) entrance way
portátil portable
posada *f.* inn
postrado, –a (7) prone, prostrate
pozo *m.* (3) well
prado *m.* (23) meadow, pasture
precipitarse (6) to rush
predicar (21) to preach
pregunta *f.* question, inquiry
preguntar to ask, inquire
presencia *f.* (2) presence, figure
prestar to lend
presteza *f.* (9) speed, quickness
presto, –a (4) quick, prompt; (*adv.*) soon
prevalecer to prevail
primero, –a first
príncipe *m.* (5) prince
principio *m.* (2) beginning, start
prisa *f.* hurry, haste; **darse —** to hurry
privar (15) to deprive
probar (1) to try, test
profesar to avow, profess
profeta *m.* prophet
profundo, –a (14) deep, profound
prometer (2) to promise
pronombre *m.* pronoun
pronto, –a prompt, quick; (*adv.*) quick, soon
propiedad *f.* property, possessions
propietario *m.* owner
propio, –a (5) proper, suitable, one's own
proponer (19) to propose
propósito *m.* (23) purpose, intention
proteger (3) to protect, defend
proveedor *m.* (10) provider, purveyor
provisto, –a (11) provided, stocked, supplied
prueba *f.* proof, argument
pueblo *m.* town, village
puerco *m.* hog
puerta *f.* door
pues *adv.* then, well, therefore
puesto *m.* (24) place, site
punta *f.* point
punto *m.* point, moment

Q

quebrar (6) to break
quedar to stay, remain, agree; **—se** to remain
queja *f.* (9) complaint, moan
quejarse (4) to complain, lament
quemar (5) to burn
querer to want, desire
quien who, whom
quienquiera (3) whoever, whichever
quieto, –a (5) still, quiet
quietud *f.* tranquility, stillness
quince fifteen
quinientos, –as five hundred
quitar to take away, take off, remove
quizá(s) *adv.* (10) perhaps, maybe

R

ramo *m.* (6) branch, limb
rapidez *f.* speed
rato *m.* (5) moment, little while
rayo *m.* (6) ray, beam
razón *f.* reason, reasonableness, right; **tener —** to be right
real royal; (*m.*) (4) coin
realizar to achieve, realize
rebaño *m.* (10) flock, herd
rebuznar to bray
rebuzno *m.* (20) braying of an ass
recibir to receive
recipiente *m.* container
reclamar (20) to demand, claim, reclaim
recobrar (8) to recover, recuperate
recoger (3) to gather, pick up
recordar to remember, remind
redondo, –a (10) round
redundar (2) to redound, react
referir (3) to refer, relate
reflejar to reflect
regla *f.* (9) rule, precept
regocijado, –a (4) joyful
regocijar (16) to cheer, rejoice
rehusar to refuse
reina *f.* (5) queen
reino *m.* (1) kingdom
reír (3) to laugh
religioso, –a (7) one bound by religious vows
relinchar (10) to whinny, neigh
remedio *m.* remedy, help, refuge
remo *m.* (21) oar
rendir (7) to surrender, conquer, overcome
renegar (25) to renounce
reñir (17) to fight, quarrel
renombre *m.* fame, renown
renovar (21) renew
repasar (9) to review
réplica *f.* (4) reply, answer
replicar to reply, answer
reposo *m.* (3) repose, rest
representación *f.* (16) theatrical performance
representar to perform, act, represent
respirar (12) to breathe
resplandeciente (15) resplendent
responder to answer, reply, respond
respuesta *f.* (7) answer, reply
resto *m.* remainder, rest
retablo *m.* (20) puppet show
retirar to withdraw, retreat
retiro *m.* retreat
retrato *m.* (5) portrait, picture
reunir to join, assemble
reverencia *f.* reverence; **hacer —** (15) to do homage, pay respects
rey *m.* king
rico, –a rich, abundant
rienda *f.* rein of a bridle; **detener las —s** (2) to check the reins
río *m.* river
risa *f.* laughter, ridicule
robador, –dora *m. and f.* (7) robber
robar to steal, rob
roca *f.* rock, boulder
rocín *m.* (1) nag
rodar (5) to roll
rodear (9) to go around, surround
rodilla *f.* (2) knee; **ponerse de —s** to kneel
rogar (2) to beg, implore
rojo, –a red
romper to break

roto, –a broken
rueda *f.* (21) wheel
ruego *m.* (9) request, petition, entreaty
rufián *m.* (17) scoundrel
ruido *m.* (3) noise
ruta *f.* (6) way, route

S

saber to know, find out, know how
sabio, –a (5) sage, wise, learned
sable *m.* (12) saber
sabor *m.* flavor
sacar to take out, draw out, remove
saco *m.* (11) sack, bag
sal *f.* (12) salt
salida *f.* (2) departure, exit, start
salir to go out, depart, come out
saltar (7) to leap, jump
salto *m.* (16) jump, leap; **dar un —** to jump
saludable (16) healthful, wholesome
saludar to greet
salvaje wild, savage
sanar (9) to cure, heal
sangre *f.* (7) blood
sangría *f.* (4) blood-letting
sangriento, –a (17) bloody
sano, –a (5) healthy, sound
santo, –a holy, blessed; (*m. and f.*) saint
satisfacer to satisfy, reward
seco, –a (6) dry, withered
secuestrar (7) to abduct, kidnap
sed *f.* thirst
seda *f.* (5) silk
seguir to follow, continue, pursue; **en seguida** (3) at once
según *prep. and conj.* according to
segundo, –a second
seguro, –a safe, certain, assured
seis six
semana *f.* week
semejante (1) similar, like, such
sentar to seat; **—se** to sit down
sentido *m.* (7) sense, reason; **sin —** unconscious
sentir to feel, regret
señal *f.* (2) sign, token, signal
señor *m.* sir, Mr., master, lord
señora *f.* lady, mistress, madam
séptimo, –a seventh
sepultar (10) to bury
ser to be, exist; (*m.*) existence
seriedad *f.* (24) seriousness
servir to serve; **— de** to serve as
sesenta sixty
setecientos, –as seven hundred
si *conj.* if, whether
siempre *adv.* always; **— que** (*conj.*) whenever, provided
siete seven
siglo *m.* (10) century
siguiente next, following
silbato *m.* (2) whistle
silla *f.* (11) seat, chair, saddle
simpleza *f.* (12) simpleness, stupidity
sin *prep.* without; **— que** (*conj.*) without
singular (17) single, strange, particular
sino *conj.* but, except
siquiera *adv.* at least, even
sitio *m.* place, spot, room
soberbia *f.* (7) arrogance
soberbio, –a (5) proud, arrogant
sobre *prep.* on, upon, over, above
sobrenombre *m.* (1) surname, nickname
sobrina *f.* (1) niece
socorrer (3) to help, assist
sol *m.* (4) sun
soldado *m.* soldier
solo, –a alone, only; **sólo** (*adv.*) only, solely
soltar (5) to loosen, untie, let go
sombrero *m.* hat
sonar (2) to sound, ring
soñar (8) to dream
sonoro, –a resonant, sonorous
sorprender (23) to surprise
sorpresa *f.* surprise
sospecha *f.* (3) suspicion
sospechar to suspect
sostener to support, sustain
suave smooth

subir to rise, climb, mount, lift up, raise
suceder (2) to happen
sucio, –a (12) dirty
sudor *m.* (4) sweat, toil
suelo *m.* ground
sueño *m.* sleep, dream
sufrir to suffer, endure
sujeto, –a liable, subject
suplicar (5) to implore
suponer (17) to suppose, assume
suroeste *m.* southwest
suspenso, –a (24) perplexed
sustentar (6) to sustain, support
sustento *m.* (15) maintenance, support

T

tabla *f.* (21) board
tal such, so, as; **con — que** (*conj.*) provided that; **— vez** (6) perhaps
tamaño *m.* (17) size
también *adv.* also, too
tambor *m.* (10) drum
tampoco *adv.* neither, not either
tan *adv.* so
tanto, –a as much, so much
tardanza *f.* (9) delay, slowness
tardar (2) to be long, delay
tarde *f.* afternoon, evening; (*adv.*) late, too late
techo *m.* (9) roof, ceiling
tela *f.* (14) cloth, fabric
temblar (11) to tremble
temer (2) to fear
temeridad *f.* rashness, recklessness, temerity
temeroso, –a (7) fearful
temor *m.* dread, fear
tempestad *f.* (5) storm
templar (16) to temper, moderate
temprano *adv.* early, soon
tender (5) to stretch out
tener to have, hold; **— cuidado** to be careful; **— que** to have to; **— razón** to be right; **— la bondad** to be so kind; **— miedo** to be afraid; **— hambre** to be hungry; **— sed** to be thirsty; **¿qué tiene?** what's the matter?
tentar (17) to tempt
tercero, –a third
terminar to end, finish
termino *m.* (21) end, finish, term
ternura *f.* tenderness
tiempo *m.* time, weather, era
tierra *f.* earth, land, ground
tío *m.* uncle
tirar to throw, draw; **— de** (11) to pull
títere *m.* puppet
título *m.* title
tocar to touch, play; **— a** (7) to pertain to, concern, belong to
todavía *adv.* still, yet
todo, –a all, entire, whole, every
tomar to take
tonto, –a (22) foolish, stupid, silly
torcer (7) to twist, turn, deflect
toro *m.* bull
torre *f.* (8) tower
trabajo *m.* work, labor
trabajoso, –a laborious, hard
traer to bring, carry
trago *m.* (9) swallow, gulp
traje *m.* (12) dress, costume, garb
tratar (1) to treat; **— de** to try
treinta thirty
tres three
trescientos, –as three hundred
trigo *m.* (21) wheat
triste sad, gloomy, mournful
tristeza *f.* sadness
trompeta *f.* trumpet
tronco *m.* trunk (of a tree)
tropa *f.* troops, army
tropezar (23) to stumble
tuerto, –a (5) one-eyed
tumba *f.* tomb
turbado, –a (7) confused, upset
turbar to disturb, upset

U

último, –a last, latest
único, –a only, sole
unir to join, unite

uno, –a a, an, one
usanza *f.* (5) usage
usar to use, make use of
uva *f.* grape

V

vaca *f.* cow
vacilar to hesitate
valentía *f.* (19) courage
valer (12) to defend, amount to, be worth
valeroso, –a brave, valiant
valiente brave, valiant
valor *m.* value, worth, power, valor
vaquero *m.* (23) herdsman
varilla *f.* (20) small rod
vario, –a various; (*pl.*) some, several
vasallo *m.* (3) vassal, subject
vaso *m.* (drinking) glass
vecino, –a *m. and f.* neighbor
veinte twenty
vejiga *f.* (16) bladder
vela *f.* (3) vigil
velar (2) to watch, keep vigil
vencedor, –dora *m. and f.* (7) victor
vencer to conquer, vanquish
vencimiento *m.* (6) victory, defeat
venda *f.* (16) bandage
vendar (22) to blindfold, bandage
vender to sell
vengado, –a avenged
venganza *f.* (8) vengeance, revenge
vengar (9) to avenge
venida *f.* (2) arrival
venidero, –a (10) future, coming
venir to come
venta *f.* (2) inn
ventana *f.* window
ventero, –a *m. and f.* (2) innkeeper
ver to see, look
verano *m.* summer
verdad *f.* truth
verdadero, –a true, real
verde green
vergüenza *f.* (23) shame
versado, –a (6) experienced, versed
vestido *m.* dress, clothing, costume
vestir to dress
vez *f.* time, turn; **otra —** again; **tal —** perhaps
viaje *m.* journey, trip
viajero, –a *m. and f.* (7) traveler
vida *f.* life
viejo, –a old, aged
viento *m.* (6) wind
vil (6) vile, base, mean
villano, –a *m. and f.* (4) rustic, peasant
vino *m.* (12) wine
visera *f.* (24) vizor (of a cap or helmet)
vista *f.* (15) sight, view, aspect
vivir to live
vivo, –a alive
vizcaíno, –a Biscayan
volador, –dora (9) flying
volar (16) to fly, move swiftly
voluntad *f.* (5) will, volition; **de buena —** with pleasure
volver (6) to return, turn, turn over; **— a** (1) to do again; **— se** (7) to become or turn into
voz *f.* voice; **en alta —** aloud; **dar voces** (20) to cry out, call aloud
vuelta *f.* return; **dar la —** (7) to return, turn around

Y

y and
ya already, finally, now; **— no** no longer
yegua *f.* (14) mare
yelmo *m.* (12) helmet

Z

zapato *m.* shoe

ABCDEFGHIJ–A–79876543